谨以此书敬献西北师范大学120周年华诞

This book is dedicated to the 120th anniversary of
Northwest Normal University

西北师范大学 旅游学院学生文集

青兰行语

谢致远　马进祥　主编

QINGLAN
XINGYU

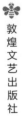

敦煌文艺出版社

图书在版编目（ＣＩＰ）数据

青兰行语：西北师范大学旅游学院学生文集 / 谢致远，马进祥主编 . — 兰州：敦煌文艺出版社，2022.12
ISBN 978-7-5468-2283-9

Ⅰ．①青… Ⅱ．①谢… ②马… Ⅲ．①散文集—中国—当代 Ⅳ．① I267

中国版本图书馆 CIP 数据核字（2022）第 226607 号

青兰行语：西北师范大学旅游学院学生文集

谢致远　马进祥　主编

责任编辑：王　倩
封面设计：马吉庆
版式设计：孟孜铭

敦煌文艺出版社出版、发行

地址：（730030）兰州市城关区曹家巷 1 号新闻出版大厦
邮箱：dunhuangwenyi1958@126.com
0931-2131397（编辑部）　　　0931-2131387（发行部）

兰州银声印务有限公司印刷

开本 880 毫米 ×1230 毫米　1/32　印张 8.25　插页 2　字数 210 千
2023 年 11 月第 1 版　　　2023 年 11 月第 1 次印刷
印数：1~1 000 册

ISBN 978-7-5468-2283-9

定价：50.00 元

前　言

一、青兰书院

"青"有青春、青年之意，亦象征着坚强与希望，"兰"表征立于黄河岸边的兰州，深意为兰花般高洁典雅的品格。"青兰"取自范仲淹《岳阳楼记》中的一句"岸芷汀兰，郁郁青青"，原指岸边的香草芳兰，此借代品德高尚、谦逊有礼的青年。青兰书院以"文以养德，学以修身"为宗旨，致力于为旅游学院学子提供一个交流阅读体会、培养人文素养的平台。

二、创院历程

青兰书院以西北师范大学旅游学院为依托，由时任旅游学院党委副书记谢致远于 2019 年 12 月举办的"追寻青春，红色筑梦"读书分享会提出创院设想，并凝聚一批热爱阅读的学子。由于 2020 年初，西北师范大学响应停课不停学的政策，采用线上授课的方式。为了丰富学生们的课余生活，青兰书院在 2020 年 4 月 23 日正式举办第一次活动——世界读书日读书分享会。此后，青兰书院在春、夏、秋、冬四个季度都会展开相应的活动。端午、中秋、国庆等节日都会开展特色活动，诸如茶话会、游历国学馆、教授讲座、读书分享会等，以彰显中华传统文化的深厚底蕴。

在 2020 年和 2021 年期间，青兰书院为了鼓励同学们多读书、读好书，营造浓厚的读书氛围，以"雅言传承文明，经典浸润人生"和"仲秋有思，赌书泼茶"为主题，先后组织了两次线上读书会，以丰富学生居家学习和生活的趣味。

在 2021 年上半年，马进祥同学在学院支持下，以青兰书院为基础，组织了一批爱好写作的书友，一起开始编写旅游学院第一部文学作品。历经一年的编写，于 2022 年组稿成《青兰行语》一书。该书分为六辑：第一辑"锦瑟思流年"，收纳了书友们的散文、小说作品 27 篇；第二辑"独酌清风诗"，收纳了现代诗作 54 首，直接、清晰、简单、灵动地写下当代青年的人生困惑及生活中被大多人忽略的美好；第三辑"巴山夜雨时"，收录了古体诗词作 31 首，题材丰富，反映作者的家国情怀、人生志趣、乡愁等；第四辑"待到雪化时"共收录 7 篇文章，反映了作者积极乐观的生活态度。第五辑"启灵引深思"，是对中国古典哲学和马克思主义哲学的深刻见解；第六辑"闲看人间月"，收纳了人生感悟短句。全书每篇文章见解独到，写作风格别具一格，引人入胜。

青兰书院自 2020 年起,每个新学年都向旅游学院入院新生发出邀请,诚挚欢迎喜爱阅读的学子加入。目前,青兰书院汇聚了旅游学院 19 级、20 级、21 级、22 级的本科生几十名。在新的学年里,青兰书院院刊《青兰行语》即将面世,青兰书院将与广大旅游学院学子一同书写新的华章。

青出于"兰"

各位创作者、帮助者、见证者、读者朋友：

非常高兴，大家同心协力完成的《青兰行语》终于要出版了，在此向大家表示最诚挚的感谢！

《青兰行语》是西北师范大学旅游学院学子兴趣与才华的产物，看到这群热爱读书与写作的孩子如今有了自己的作品，我感到由衷的欣慰。我们的学生如此优秀、如此执着，用实际行动践行自己的初心和梦想，这对于正处于大学阶段的他们来说必然是意义非凡的，在他们的人生探索中必定是浓墨重彩的一笔。

此书内容丰富，探赜索隐、咏物怀古、切问近思、感悟生活……不仅是他们创作生涯中的处女作，也是学院首次助力学生实现写作梦的优秀成果。本书的成功出版，既是对学生才华的肯定，也是学院殷切希望学生多读书的真切表达。

值此壬寅年，师大双甲子，《青兰行语》是旅游学院、青兰书院与创作学子们献给师大百廿诞辰的珍贵礼物。1902 年到 2022 年，从京师大学堂到西北师范大学，无数文人学子奔赴教育这项伟大事业。中国文化从来都有这样一般底蕴，武可安邦，文能兴国，古往今来，经久不衰。师大的知识赞歌从首都到陇原，一程风沙，无法湮灭高尚者的诗句，吟唱至今；其章可延，笔墨尚稠。《青兰行语》是当代学子与先辈师长跨越时空的对话，更是年轻一代对梦想的追求与坚守！

"行万里路，读万卷书"，旅游学院的院训时刻在教导学生：我们既要走出去了解世界，又要静下来学好知识，广泛阅读，有思想地去认知。旅游如果只是从出发地到目的地的空间移动，那便失去了太多意义，同学们应该在旅途中撷取知识，在旅途中实践所学，在人生旅程中也当如此。前路将行，其修必达。很庆幸有这样一群"书友"，把读书作为一件幸福事，让写作成为一件快乐事，把他们的才华奉献给《青兰行语》，把他们的兴趣带给更多的旅院学子。

我时常参加同学们举办的读书会，以此感受他们丰富的思想和活跃的思维。每一次都会被大家热爱读书、热爱生活的积极态度所感染，他们之间的交流率真实在、激情洋溢。将自己的想法和心得侃侃而谈，这是学校所倡导的，也是我们希望看到的。朝气蓬勃的他们尽显青春活力，我常常为如此读书、如此思想、如此行路的同学感到骄傲。尽管他们的思想还略显稚嫩，表述也不够严谨，华丽的辞藻缺乏细腻的思考，但他们依然去读书、去思考、去表达，这恰恰是青春活力、朝气蓬勃的体现。因为行路，所以思考；

因为思考，所以读书；因为读书，所以行路，读书的意义就在于此。我们走近经典阅读著作，跟随作者体悟人生，并在此过程中不断丰富内涵、提升自我。

有些书浅尝辄止，有些书囫囵而下，有不多的几部书则应当细细咀嚼、慢慢消化。这就是说，有些书只要读读其中一部分就够了，有些书可以全读，但不必过于仔细地读；还有不多的几部书则应当全读、勤读，用心地读。读书好，好读书，读好书。我建议同学们多看看中国传统文化名著、经典之作，多感受古人广博而深邃的思想，多涉猎丰富的历史文化。四书五经历史久，中华传统不敢忘；四大名著是经典，古典文化内里藏；杂文传记涉猎广，知识丰富经验强；科学文摘发明多，全面探索见识长。

花影淡逸萦书简，竹叶扶疏映砚池。一片昏晓读书日，正是人间最乐时。大学校园里最火的打卡地，一定是图书馆；大学校园里最美的声音，不仅有音乐厅里美妙动人的歌声，还有那遍布校园每一个角落中琅琅的读书声。四季流转，花开花谢，校园中不变的最美的风景必然是阅读文化经典的读书人。

唯有墨卷可至恒，亦有书香可至臻！同学们要积极参与到阅读中去，积累经验、丰富思想、初心勿忘、矢志不渝，最终成为更好的自己。

壬寅冬月于西北师范大学

谢致远

目 录

MULU

锦瑟思流年

万世过客

——光阴

兴　风

风，吹散了过往；光，照亮了泡沫；雪，冻结了时间。任凭岁月流转，四季更替，有一样东西却一直保持着它最开始的步伐，不紧不慢，从不因例外而停下前进的脚步。它是万世的过客，是众人倾尽全力去追逐却永远也触不到的存在。

一寸光阴一寸金，寸金难买寸光阴。从儿时咿呀学语，母亲便将这句我似乎并不能完全理解的话语教授于我，陪我至今。时至今日，在经历很多人事变迁，看过很多悲欢离合后，我渐渐明白了这句话的含义。其中有世间万物最基本的生存变化规律，也有精神层面对人行为处世的影响。初春柳枝的嫩芽抽出新绿，夏天的柳树连片成荫，秋天眉叶似的柳枝散落在四处，寒风凛冽的冬日里街道旁柳枝叩问天空。我知道，我看过的这世间最美丽的风景，不是初春的绿芽，不是夏雨的拍打，也不是秋天的萧瑟和隆冬的寒风刺骨，而是四季的轮回更替。花儿开了会凋零，明年春天还会再开；霜雪融化了，来年冬天或许会更美。但是，身为万物之长的人，八十岁的高龄老人却再也不能回到三岁的孩童了。那时的你，恐怕只能回首往事感慨万千了。求学求知十八载，我已度过了生命中五分之一的光阴岁月，说是漫长，但也如白驹过隙般匆忙。

锦瑟无端五十弦，一弦一柱思华年。这是诗人李商隐对自己年岁虚晃的感慨。虽然我还不及他的年龄，也未有他的阅历，但对于他的感慨也能理解一二。自入学那一天起，母亲便告诉我一定要坚持。这三年，几经周折，诸多考验。在学习之余，停下来想想，这三年过得真快，快到恍如昨日我还在军训，今日我已奔赴高考考场。或许是因为节奏太快，或许是无暇顾及，有些过往似乎已记不太清了，只知道当下自己在做什么。或许只有某一天、某一刻，我们才会真正懂得分别的意义。如果说夏日的西瓜汁是这世界上最美味的东西，那么我最想珍惜与怀念的一定是那高中三年你们陪我一起度过的幸福时光。只可惜三年太短，我还没有真正了解身边的一切，便要说再见了。只因岁月易逝，从无例外。

夫天地者，万物之逆旅也；光阴者，百代之过客也。虽是过客，却是生命中最浓墨重彩的一笔，落纸烟云。

既知其理，唯愿倾注一生去追逐光阴的脚步，寻访这万世的"过客"。

千古中秋千古情

伴月笛

一轮圆月，照贯古今，历史的车轮从古走来，一路谢了春红，淡了荣衰，唯一不变的，便是那中秋的一抹金黄，那勾起无数人深情相盼的中秋之夜。

"中秋"一词最早出现在《周礼》一书中。在古老的农耕文明时代，人们尤为看重五谷的丰收，因这个时节，正值三秋恰半，故称中秋。古时，人们在这一天，会赏月、猜灯谜、赏桂花、玩花灯、吃月饼，异常热闹。如今，虽然许多风俗已经淡化，然而赏月、吃月饼，却延续至今。其中以赏月最为隆重。

千百年来，人们将自己的深情融入于一轮圆月。无月不成中秋，在赏月、吟月、称月、叹月时，人们寄托了太多的情感。魏晋文人的风雅之气兴起了中秋赏月之风。盛唐之下，中秋之夜多了些平民百姓的欢声笑语。到了宋朝赏月的排场尤为盛大。《水浒传》中，张都监携宅眷在鸳鸯楼安排筵宴，庆祝中秋，就可看到宋代中秋的热闹之景。明清的中秋不变的，还是望月抒怀。直至今日，人们依然对着一轮中秋之月，寄托着团圆之夜。

抚琴烹茶，吟诗作画，家人团圆，共叙思情，这是千百年来文人墨客所追求的。而不同的人心中，也有一轮属于自己的明月，一场命

丁酉年的中秋，望着一轮圆月，思绪万千，或许孤独是一个人的狂欢，我在黑夜的寂寥里放声高歌。

中注定的轮回。

广寒宫里的孤寂，令无数文人墨客在他乡泪湿衣袖。那些饱蘸深情的诗词不仅描写了一个人的孤独，还有天下人对月亮赋予的无数意象。

李白的思念随着一声"此夜曲中闻折柳，何人不起故园情"而浓郁，又因一句"二十四桥明月夜，玉人何处教吹箫"而黯然伤神。其实，圆月在不同的时期，给人的感觉是不同的。南唐后主李煜在煎熬中整日以泪洗面，"小楼昨夜又东风，故国不堪回首月明中"道尽了一代才子的痛楚。我倒更喜欢张孝祥的"玉鉴琼田三万顷，着我扁舟一叶。素月分辉，明河共影，表里俱澄澈。悠然心会，妙处难与君说"的旷达。

如今的月，少了古人的多愁善感，更添了一分浪漫。若求婚时，有一轮圆月作为爱情的背景，会更显浪漫；情侣间的甜言蜜语，在月光下发酵得更加甜蜜。中国人这千百年来不变的，便是这份对美好生活的向往！

　　这不仅仅是明月之夜，更是团圆之夜。中国人对中秋还有一种特殊的情感，他们很讲究团圆是福。中秋夜的门铃声叮咚叮咚响个不停，欢声笑语的氛围中，开始了一家人期待已久的团圆饭。虽没有年味儿浓，但趣味不减。你一言我一语，嘈杂声被重新定义为另一个词语——"热闹"。一通盛宴后，大人们说话的说话，看电视的看电视，这时候欢了小孩子，躲猫猫，相互追闹，玩累了，便会躺在院子里的躺椅上，仰着头，望着月亮，吃着叫不上名儿的零食……这一刻他们是最幸福的。

　　如果秋色里没了那轮中秋的圆月，秋便没了韵。若中秋之月没了月饼的酥香，中秋便失了味。

　　中秋节又被称为月饼节，顾名思义，这一天当然少不了月饼这个主角。一块儿月饼浓缩了国人的浓情。据说中秋节吃月饼的习俗始于唐朝，北宋之时在宫廷内流行，后流传到民间。唐玄宗和杨贵妃这对儿令人羡慕的情侣，将"胡饼"更名为"月饼"，至今传为佳话！

　　古时候，人们每逢中秋节，都会提前与邻里一起做月饼，做的月饼又圆又软。大家在欢声笑语中合作完成，做好月饼后会互相赠送，增递感情的同时，更是展示自己手艺的时刻。其实最美好的是制作月饼的过程，而非品尝月饼。如今的月饼，人们更愿选择在外购买，机器生产下的月饼精致且味道多样，但没有了人情味，没有了"留将旧样说阴晴"的期待，没有了"开笼遥闻腻饼香"的惊喜，没有了"小饼如嚼月"的情调，更没有了"教君月饼佐汤筵"的兴致。不过月饼象征的团团圆圆的含义并没有变化。人们在中秋之夜，分食月饼，表达着对故乡、对亲人团聚的盼望。

　　乘着时光机，穿越到盛唐时期中秋夜的长安街，你会看到处处张灯结彩，往日宽阔整洁的长安街在熙熙攘攘的人群和欢声笑语中变得狭窄。在这个王侯将相、平民百姓共庆的节日里，人们庆祝着粮食丰收，庆祝着盛世太平。路边的花灯五颜六色、形式各异，有方的、圆的、双层的、转动的，上面绘有鸟兽、花卉、诗词等。据说当时的女子会在花灯上写上联，若有哪家公子对上下联，便会得到女子的芳心；还有在彩灯上写下字谜，过往的行人去解字。现场真是热闹非凡，一派繁盛景象。如今的中秋，大街上已经少有张灯结彩与人们的摩肩接踵了，取而代之的是五彩缤纷的电子彩灯。中秋佳节，人们用手机互发彩灯，互相猜字谜，隔着屏幕笑，却备感孤独。但是这种对节日的情感仍以不同的形式传播着、延续着。

在这个特殊的节日里，有多少个思念碰撞在一起，被糅进了一轮圆月之中？你瞧，当李健的《月光》洒在李白的《月下独酌》上时，碰撞出的音符是柔和、幸福的；当王菲的《但愿人长久》照应在苏轼的《水调歌头》的无眠之夜时，悠扬着的是那思念的曲调；当唐玄宗梦游月宫后亲自排练的《霓裳羽衣舞》，配上杨贵妃的"飘然转旋回雪轻，嫣然纵送游龙惊"的舞姿，那一轮光满骊山的圆月会不会是配角呢？

古时的中秋也好，今时的中秋也罢，我们唯一不变的，便是几千年来的情感。从古至今，我们传承的，不仅仅是中秋节的习俗，还有中华文化，它博大精深，源远流长；它似如云青松，根植于中华大地，根系缠绕着每一位中华儿女的心，将我们紧紧联系在一起；它似深井甘露，每尝一分，便愈加令人欲罢不能；它让人心生敬畏，也为之自豪。

中秋节像一粒纽扣，扣着我们的"家国情怀"，这是中国人的根。

一轮圆月，一块儿月饼，一曲月歌，滋养着华夏儿女对祖国强烈的情感。它象征着团结一心、守望相助，象征着邻里和睦、阖家幸福，象征着中华儿女对幸福生活的追求，以及对和平的向往。

《百家讲坛》节目中的《"平"语近人》系列，曾这样讲道："以古人之规矩，开自己之生面，中华优秀传统文化是中华民族的精神命脉，是涵养社会主义核心价值观的重要源泉。"的确如此，我们都在不断继承中发扬着传统文化。一个中秋，便有道不尽的故事，这便是我们中华民族"文化自信"的来源。

万语难叙情，自豪的情感激荡在我的胸中。今后无论我们走到哪里，无论我们怎么创新，都不能忘记，我们民族脊梁里的中华文化的根。

舛行独白

——读《过客》有感

觊 月

我生长在这片黄沙漫天的土地。打记事起，极目浩远的天际，我不解炽红的夕阳怎会被这土黄所吞没。父亲每次看到这一幕都若有所思，念叨着似"左大人"话语，随即木然而坚挺地走回屋子。

直到有一天，父亲告诉我，他要往太阳落下的地方走去了。次日，西处的土塬又添新坟。

一直不了解父亲为何坚守在此，而有一天我终不知自己为何固执地坚守于此了。

白驹过隙，沧海桑田。幼年时的想法已不再好奇，我也娶妻生子，愁于柴米油盐。儿子慢慢长大，顺利上了学堂，而后成年、成家。一袭长袍，回到家就显得突兀了。儿子常出神地眺望东方。"父亲，你知道什么叫'革命'吗？""你们年轻人那些玩意，我一老农怎知？只是，有些事情该不该去做，你作为几十岁的人，当然要清楚。"

儿媳难产，诞下一女后便撒手人寰，无疑给家带来巨大打击。儿子依旧穿着长袍，只是言语变得寡了。孙女慢慢长大，平平淡淡地生活，儿子不忘教孙女习字。犹记得他教的第一个词，叫作"爱国"。不知哪天，儿子一身戎装立在我面前。"这次我要走了。""一定要去吗？""是的。""嗯，好。"这一走，他就再也没回来了。他的同学对我说他是壮烈牺牲的，我想怎么可能，家里面死条土狗他都会哭得死去活来，他哪有那个气量……想着想着我的眼泪就不争气地淌了出来。

鲁迅的《野草》

写这篇"番外篇"的初衷是写鲁迅先生的生平，谁知道看到了《过客》这首诗，被文中的老人形象所吸引，思绪万千、浮想联翩。故事讲的是中国近代几代中国人自强不息的故事，比如老人的父亲那一代人经历了左宗棠收复新疆，老人这一代经历了是洋务运动和维新变法，老人儿子这一代经历了辛亥革命，流浪人那一代也就是鲁迅他们这一代人经历了新民主主义革命，而老人孙女这一代将经历中国充满希望的未来。文中的老人三番几次强调自己只是一个老农，但是从他的思想和言行举止都能看出他是一个知识分子，只不过他的心理到底经历了哪些波澜我们无从得知，能知道的就是他即便是一个失败者，却还能为那些自强不息的人默默祝福。

不承想"我"在这些琐碎烦忧中老了，倏忽间孙女已满十八，日子百无聊赖。当"我"结束一天的劳作，在院子休憩，却见一个蓬头垢面的流浪人朝这边走来。"年轻人，这么晚了，你要去哪？""我"急忙喊住。"我不知道，依稀记得有一个声音曾呼唤我走来，老丈，我想往前走，前面有什么呢？"流浪人道。"前面有野百合！"孙女抢着答道。"前面是墓地，那里埋葬着我的父亲、儿子、儿媳和很多人。""年轻人，你看这天都要黑了，你确定还要往前走吗？""我"不紧不慢地说道。"为什么不呢？我记不清我在这黑白交替中行走了多少时日了，也不知道走了多远，脚上的伤口也是在途中踩到刀子划到的，赤脚走路，脚板哪里硬得过脚下的东西，我也顾不得流了多少血，我只知道，走下去。"流浪人答道。孙女给他布料包扎伤口，他回绝了。他想继续上路，"我"不好阻止，只能祝他平安。

躺在床上，不由难眠，那个流浪人，是什么麻木行走的样子，他的心里比谁都清楚。"我"生命中历经过无数的人，我的父亲、儿子终究没有走出绝望，而"我"自己，终其一生都在绝望的边缘苦苦支撑，始终不敢挪一步。终于看到有人敢去反扑绝望，尽管不知结果如何，也足够使"我"震撼了。或许还有无数如他一般的人，至少"我"认为。罢了，死忠黄土的垂朽老农有什么多余的心思去揣测打磨，"我"是走不到那儿去了。"我"想看看形形色色的人，可以去哪。

天 黑

凯 月

唏

奏起

恍惚里

倦意摒弃

记忆又苏息

深藏诗作稿纸

欢愉时光的痕迹

把悠扬的曲调驭起

夜在灯光柔和处迷失

朦胧间望舒也盛开暖意

萤火虫拥抱安静树枝

点亮叶的蜿蜒纹理

晶莹露珠便流溢

梦中熟睡孩子

夹杂着梦呓

和风满际

关于你

不知

思

　　遗忘在歌单里面的《天黑黑》在某天随机播放里出现在我的耳朵，这是一版翻唱，声音柔和，旋律美丽，眼前出现一轮皎月，月光洒落在万物上，树间萤火虫点亮了叶尖的星空，熟睡的孩子，晶莹的露珠，都在享受这样一份静谧。

抚摸心灵那道窗

洛 枳

古人云：扶摇直上九万里。吾辩：抚摸心灵"十万八千里"。

世间有诸多交流方式，予独爱心灵交流。有人说：阳光穿越心灵可以感受爱的那道阳光。也有人说：洛阳亲友如相问，一片冰心在玉壶。吾：抚摸心灵那面窗，与心灵进行一次诚挚的交流。

随着社会日新月异的变化，中国仍处于社会初级阶段，也处于知识爆炸时代，但是我们的思想观念发生了天翻地覆的变化。比如说，处于青春期的少年，就如遇到不稳定气流状态时的飞机会颠簸，很难沉着冷静地面对一切；处于大学时的我们，相比青春期的少年来说，有了更进一步的稳定状态，但是我们依然没有做到十分完美，正所谓"金无足赤人无完人"。我们仍要学习，目的就是使我们的人生变得更加辉煌灿烂，使我们的心灵有更进一步的成长。学校进行心理素质教育，旨在提高我们随机应变的能力、受挫能力及接纳自我的能力，为以后在社会中稳稳立足打好基础。记得在网上常常流传大学生出现自闭等现象，这是因为在他们进入大学之前，正在人生当中第一个十字路口，全力以赴准备第一个最激烈的战斗——高考。但是这时候，他们也是家中的宝贝，父母跟前跟后地贴心伺候，导致他们面对重大冲刺的能力减弱，养成无法独立面对人生抉择的心理；相反，任何事物都是对

015

人生之路，只有前行，才知深邃

立的，若能够积极对待，把它当作一种动力，把它当作一种向往，就能够成为驱动学生人格发展的机会，更能激发他们内心的潜能，完善自我，挑战自我，使其身心得到全方位、全方面发展，更容易适应环境。

面朝大海，春暖花开。好的心理素质，可能会影响到一个人的前途、一个人的命运以及一个家庭的幸福美满。令我最深印象的是贝多芬扼住命运的喉咙，仍在前行，仍在生命最后一秒进行作品创作。同样在庚子年初，最让我潸然泪下的是老院长张定宇用渐动的生命托起他人的信心与希望。如此之多的例子，皆证明拥有强大的内心可以战胜数不胜数的磨难，正所谓"故天将降大任于是人也，必先苦其心志，劳其筋骨"，一次次的成功，一个又一个的成功人士，何尝不是在失败后在原地爬起来后继续前行？小时候听到的龟兔赛跑故事，乌龟虽然爬行速度慢，但是它的内心一直在呼唤"笨龟先爬"，最终因为良好的心理素质赢得比赛……在我们人生当中，可能会遭遇坎坷，但是我们要以最好的态度面对这些挫折，使我们更加强大。当然，我们也会遇到别人的讽刺嘲笑，这是我们必须要懂得，自己必须利用短板创造奇迹，这样便是对嘲笑者最有力的回击。路漫漫其修远兮，吾将上下而求索。人生旅途中，会有众多坎坷、诸多磨难，怀有良好的心态去面对它们，去接受挑战，去超越自我，相信自己是最棒的。

心态好，一世都好，一世都幸运。没有一个人与生俱来就是在坦途长大的，都要经历磨炼，经历失败，经历成长。因为只有这样人才会对人生有新的认识、新的见解。

作为大学生的我们，应该以积极向上的态度面对现实的残酷，应该以强大的心理素质去面对人生路上的磨炼，更应该打开心灵，轻轻地抚摸心灵那面窗。

说声晚安吧

兴　风

一纸经年，一声念安，文字无声无息，定格一份只如初见，美好一份淡暖心境。朋友，谢谢你，一直在。

时光如水，岁月匆匆，不知不觉间，走过秋冬，又如期相约春夏。这四季的轮回，年复一年，褪去浮华，带着新的渴望与梦想，收拾行囊，再起征程。

一纸经年，一声念安

恍惚间，我竟已在这尘世间逗留游走了十九个年头。清晨迎着朝阳，夜晚伴着星辰。希望诗意地生活，知你冷暖，伴你左右。

每天在自己的世界里，做着自己喜欢的事，该做的事，不惧风雨，不畏春秋，亦当自在。伴着夜晚的月光，带着解放的喜悦，看着灯下匆匆而过的陌路人，怀揣着对明天满满的希望。

轻折一只纸鹤，飞向那个有远方的未来，等着我，一步步走向那里。

夜读后，和世界说声晚安吧。

世人皆醉我独醒

伴月笛

在花间取一壶浊酒，在天地间放荡豪饮，洒落在人性的花蕾上，醉醉，醒醒，走走，停停。由茎叶传送至心灵深处，开放了整个春天。

解意莫过逆风，知趣莫过山巅。鞋儿破，帽儿破，身上的袈裟破……这是修行者的凡象，不知是真的疯癫还是脱俗后的随性与单纯。世人眼里的万物，皆是缤纷。在他眼里，似乎缤纷也是无色。苟于这俗世，或许还真需要那么一勺无色。我不知道，究竟是修行者醉，还是世人醉？

抛开杂念，那一抹绿始终在陶渊明心中怦然，牵引着他走向阡陌，去找一份闲情。手持一本"闲书"，在这"闲适"的生活中，做个"闲人"。这一路静谧，鸟语花香，他远离了城市的热闹、繁华，接近了乡村的静谧、闲适；远离了"斗米卑躬折腰事"，接近了"采菊东篱见南山"；远离了管弦呕哑，接近了柔柔轮月，尤其接近了那令他沉醉的花香夹杂着泥土的清香。是的，世人都挤破头颅地涌进皇都官场，在世人看来，那里才是孵龙巢，那里才是龙门。有人觉得陶渊明这种活法是不思进取，是骚客文气。殊不知，乡村的地面不是坚硬的玉阶金道，而是柔软的泥土，在那里他的心才能生根发芽。我想知道，到底是陶公醉了，还是世人醉了？

这种醒，是唐伯虎笔下"世人看我太疯癫，我笑世人看不穿"的

人生是一半清醒，一半释然

醒，是楚隐士"凤兮，凤兮，何德之衰"的醒，是李贽"孔子生非圣人，何须事事仿之"的醒，是近代"开眼看世界"的醒，是"农村包围城市行得通"的醒。当世人沉湎于安逸之时，伟人总是如雷霆般震动世人麻木无感的心。每个时代都有"墙头草"，当众人奉行麻木时，他不会随麻木的人一起嘲讽清醒之人；当众人皆醒时，他才被时代牢牢记住。我不知道，到底是伟人清醒，还是众人清醒？

有些人将曹操的功绩抹杀殆尽，鄙之以奸佞之称；史家锐笔又将隋炀帝的贡献销去。他们用历史的迷烟，迷乱了人们的思维。酾酒临江，醉了天下，醉了世人，而清醒了自己的志向。大运河上的楼船，失了天下，失了世人，而流传了千古的丰宝——京杭大运河。自古有多少帝王愿为一介布衣，又有多少世人争图帝位？我不知道，究竟是帝王醉，还是世人醉？

　　此刻,我想画上一幅画,洗练了蓝天,明艳了鲜花,题上优美的骈文,山川相缪,苍苍原野,携一本"闲书"、一把酒壶,随风飘向很远很远,忘却世间杂念,行在青砖红瓦勾勒处,静憩在时间深处,任那行雾氤氲在心中。

　　愿那清风明月寄去我由衷的敬意。

　　他们另辟蹊径,但未必是沉沦,或许是众人皆醉我独醒的英雄气概。

美

觊 月

看到这个主题真的是让我苦思良久。什么是美？看似答案很多，美就是长得赏心悦目，美就是万山红尽，美就是山河九转，美就是人海至颜……说得也对，不过还是让我痛苦答不尽得。那什么又是丑呢？答案又多如牛毛，而且出现相反的解释。不难发现：同一样事物，得到的可能是完全相反的答案。由此可见，我们所定义过的美或丑，只是"在我看来"，就好像是一道开放题，没有答案，任由人们各执己见。我是个平凡的人，人轻言微，姑且用我的一生去寻觅美的内涵，去避

同构为美

花，妙在精神

开丑的真相。那样，我给出的答案，也许才能接近它们。

作为一名大学生，十多年的学生生涯似乎总是在听、说、读、写中度过的，一边因获得一个好成绩而不胜喜悦，一边又因可怜的分数对那些代表"段位"的数字叫骂不绝。美，似乎是那些我们奋力追逐的数字。偶尔，某个同学发出一声感叹："哇，那个人长得真好看！"美好的容貌带来青春的喜悦，超过了课本上某个被标为背诵的段落，让人更怦然心动。喏！课堂上老师正忘我地讲授某段美文，某位同学却刚睡醒盘问同桌还有多久下课。所以，美是什么？我真的不知道如何回答。因为很多时候，根本没有时间和精力探寻美，正所谓少年忙着长大，中年忙着养家，老年忙着忧思。

我们追求有美的生活，忙碌的生活偏偏蒙住了我们的眼睛，让质朴的美、灵动的美、跳跃的美，统统变成平常得难以察觉的存在。

若一定要说美在哪里，我想认真地说美都在丑的伤疤背后。从生到死，一个人的一生是美和丑互相交织的一生，尽管美丑殊途同归。因为没有纯粹的美，也没有绝对的丑，有些美披着丑的外衣，只有层层剥去，才能现出美的原身；有些美隐藏着丑的内心，只有步步接近，才能感受丑的险恶。

美或不美，不同的人有不同的答案。老师说，在某个瞬间你发现了别人没有发现的东西，因为别人只看到那事物的某个层面，而你还能看到另一个层面，那一刻你的心情肯定是美不胜收的，毕竟那是需要一定的感知力与敏感性的。那么，发现也是一种美。美即如此，可能它就以一个简单的方式存在于世，众人苦于寻觅仍未所得，而你一眼望及，这本身就是一种美的感觉吧！还有，既然我们在寻找美、发现美，那么自己先要有美的灵魂，追求美而不亵渎美。

文段写到这儿，也算是我对于美的认知。我希望每个人都能找到类似的状态，找到自己想要去定义的美。这样真的很美。

乌江别

伴月笛

忆当年岁月,至尊风骨,天命舛途。离火城边末路。却叹寻无处!欲再回眸,不忍卸情仇!曾言凄清离殇。却陷佳人眸。三千梦丝,何人舞惊鸿?挥青袖,尘世四顾不欲留!醉梦天下,一生浮华。私语梦幻,枕边轻怜,如画,似梦。何人抚江山覆天下?何人合双睫媚朱砂?如虹,似风。任他凡事清浊,山河拱手,独闻箫奏!

思往兮!来世相逢,几度欢喜几度愁。三别三别,只许离殇来世柔!竟是万年期久。秋水长天,残阳似血。回首,悲喜难堪一笑,枕边花容似梦。嗟叹红颜泪,英雄殁,人世苦多。山河永寂强欢颜,青丝黄发怎奈天路迢迢!逝者如斯,岁月涟漪,相思无人提。愿有来生做锦鲤,幸得短记忆。

陌陌花开

洛 枳

花开花落是大自然中常见的现象，它见证了四季的更替和时间的流逝，但是形容人生则象征着生命的循环。纵然自己曾经有多么伟大的宏伟蓝图，仍不能自持已在浪潮之巅沉锚……曾经一起在屋檐下许下的誓言，被风一吹就会"散落"……

距离高考结束已有两月之久，从高考落幕到查询结果，再从查询结果到等待录取结果，迫不及待中带有一丝坐立不安，喜极而泣中含有一丝继往开来。当拿到录取通知书时内心的一块包袱似卸非卸，心想："即将开启我的大学生活，又是一次规划，又一次奔跑，该如何规划、如何奔跑才能达到我想要的精彩人生，才能达到我想要的人生巅峰？"正如诗仙口中的"多歧路，今安在"，在孜孜矻矻的生活道路上，对自己的期望本就是在与家庭与社会对接中塑形的动态过程。我想，如果说高考是人生的第一个十字路口，那我想说以大学生活为嚆矢，继续追逐梦想，继续奔跑，等待下个路口的好消息。

我们曾经怀揣热忱的灵魂本是对美好的追求，对梦想的渴望，我们也曾仰望那无垠的天空，然而，若我们只是从心里想象属于自己的那片未来的天空，自己不付出相应的代价，纵使我们有欲上青云的本领，一切终究只是奢望，最终就是竹篮打水一场空。

每个人心里有一只猛虎在细嗅蔷薇

　　其实在我们每个人内心深处，都会有一处荒漠戈壁滩，只是谁会在此戈壁滩上绽放出属于自己的朵朵鲜花，那就要看我们自己的本领。

　　生活在荒漠里，不忘初心，努力追寻梦想，才能方得始终。即使我们生活在戈壁滩，也要等待着——陌陌花开。

那日晴空，天色渐蓝，孩童嬉闹

兴　风

　　那日晴空，天色渐蓝，沿着古镇石路，走过铺满人间烟火气的街道。许久未见的热闹，店前过路的食客，三言两语，说着菜品的高低。

　　街边石台下，一位老奶奶，弯下身子，捡拾着果摊中意的秋橘。小酒馆的老板娘，轻言细语，手法颇为娴熟，边解说边称了二两原浆酒。橱窗阁间，华素相间的旗袍，美如水墨画。不经意间，街角拐弯处，隐约有东西在移动，走近一看，原来有一只小猫在探头，蓝色的眼睛忽闪忽闪的，很是灵动。

　　那日的天很蓝，风很轻，和友人边说笑边走着。路过一家花店时聊得入神，稍不注意跟跄了几步，恰巧看到另一番景象：旧书摊在抬眸间显现，页脚斑驳的印记；染着图像的小画本，泛黄的旧书札在风中凌乱。徘徊片刻，忆起旧时点滴。临别时，耳边风过，吹得铃儿叮当作响，循声见得一家古玩店，店内的诸多物件勾起儿时的回忆，不禁入内在里面踱步挑选了许久，带回来一件小鼓和一个配有风铃的手工编织的紫色背篓，甚是欢喜。归途中，同游古镇的友人见我这般欢喜模样，便笑着调侃道："今日的风儿怕是只有三岁吧。"我也只是笑笑，并不言语，若真能回到儿时，稚子一般，清澈明朗，也是无憾的。在生活中遇到很多可爱灵动的孩子，或是牙牙学语，或是蹒跚学步，抑或已经迎着彩色的风车奔跑。

前几日，在餐厅和一位小朋友打了招呼，虽不相识，却也感受到了她发自内心的善意。两三岁大的小宝宝，走路摇摇摆摆、蹒蹒跚跚，举止间，着实可爱。小嘴儿啵啵地吃着奶奶用儿童餐勺截的一小段一小段的面条，两只小手手和小脚脚一起上下不规律地摆动着，看得出她吃得很开心。最触动人的应该是离别时的挥手，小朋友一家用餐结束时我还未走，因为坐在邻座，所以他们的一举一动我看得很清楚。小宝宝的奶奶起身时反向抱着她，她的小脑袋正好面朝着我这边。我抬头望着她慢慢走远，快要转弯消失在视野里的时候，也不知怎的，突然朝着她离开的方向挥手。可就是这一挥手，顿时让我出了神，因为，小宝宝出乎意料地回应了。我看到她的小手手靠着奶奶的肩膀慢慢挥着。她在回应，回应一位刚与她匆匆打过招呼的陌生姐姐离别时的再见。

那一刻，看着她扑闪扑闪的大眼睛，缓缓挥别的小手，我觉得整个心房被照亮了一般，心内有一束光是那么纯粹、真挚和耀眼。她尚未习得言语，也并不知晓何为挥别。但，她知道回应，这早已胜过千言万语。后来细思，与小女孩擦肩而过，想必也是特别的缘分。

生活百味，却是让时间乘了车。也曾向往街头巷口，迎着风车奔跑，数着过路的糖葫芦有几颗。不经意间的回眸，已是跨着时空向前的远方。但，没关系，山河错落有致，人间烟火如常，安静与繁华同行。兴风的书桌前也摆着从四处淘来的小物件，或古朴，或幼稚，或斑驳，带着儿时的记忆，弥足珍贵。

静悟闲书

伴月笛

滩石昂首，不见脚下砾石；崖巅远眺，全忘足下深渊；石碑刻功，不顾野史戏说。人生如梦，虚无者十之七八。梦醒时，方觉万物之缥缈。君子

人生的步调由自己定

重践志，小人重践利。众人所想胜于一人之思，恰如红绿堪称景，一草难称原。

夫今世之人，功为斗米，夸其成仓。低首于富家之檐，傲首于贫家之堂。何如？趋于功利也，其行可恶，其心可哀，此不亦悲乎？所谓燕雀不知苍穹之高，涸泽之鱼不知东海之深。岁月如梭，须高居庙堂不失本，怡然南阳不泯志；雅舍丰财不惑心，寒舍薄资不移性。

唏！稻谷内实者皆低首，稻谷内虚者皆昂首，处世之明，在于不自见、自是、自伐、自矜。须知企者不立，跨者不行。

感　悟

洛　枳

　　曾经点点滴滴的事一件又一件涌现眼前，而让我再次把这些故事当作一本书一遍又一遍地读时，内心早已泪流满面，仿佛我再次得到了一次成长，就像中方女排队长曾说"迈过意大利，便有了新的成长的意义"。如果我迈出这一步，我是否会得到又一次的成长呢？ 树欲静而风不止，子欲养而亲不待也。孔子在《论语》一书强调，一个人应该注重的仁、德、孝、 智四合一，才可以绽放精彩的万丈光芒。我想，孔子所阐述的大概就是这个道理吧……

　　我们还奔跑在追梦的路上，我们还为曾经的梦想而奋斗，我想跟过去好好告一段别，展望未来，为梦奔跑，为梦而战，不负自己，不负父母，心怀感恩，然后在内心深处——深深地祈祷自己……

清 欢

兴 风

清欢或是在田间、林荫小道上漫步散心；或是与友人三两结伴，在山林间走走停停，言谈虽少，只一心向着自然的光亮与纯洁，安静淡然；或是骑着马，坐着车，穿过青翠的草地，在风中驰骋，聆听自然的声音。

随着自己的性子，与世俗背道而驰，只愿追求最真挚、最自然的感觉。只不过，随着物质世界生活的逐渐丰富，在如此繁杂的时代，

清欢虽剩且无忧

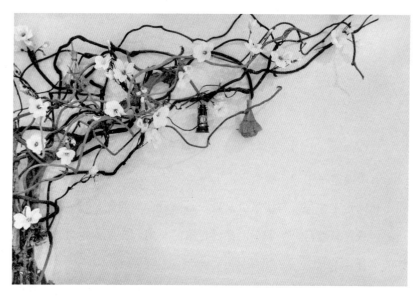

一半烟火入世间，一半诗意许清欢

想要回归单纯的确是越趋困难了。在我看来，"清欢"更多的是一种生活态度，在世俗的纷扰中，仍旧能秉持着一颗寻访自然的心，洒脱宁静地生活。

宇宙星河，浩瀚无边。在茫茫的大千世界中，我们每个人都有自己的小千世界，我们在那里游玩嬉闹，喜怒哀乐，肆意奔跑，满满的思绪充斥着大脑；在属于自己的画板上尽情挥洒笔墨，风采各异，独具特色。

当面对世俗的纷扰，烦躁不安时，我们需要在自己的小千世界中休憩片刻，进行心灵的洗礼与慰藉，直到心境平和时，整理行装，再次启程。

可此刻的俗世，莫说是"清欢"，就连"欢"也所剩无几了。只希望每个人都能在这俗世的纷扰中找寻到属于自己的"清欢"。

诗意西北

伴月笛

谁言西北无诗意，浓墨相饰不觉惜，柳间黄鹂向日啼。美人泪，朦胧金城惹人醉

——题记

听！我似乎听到了古丝绸之路上叮叮作响的驼铃。看！如丝条般的黄河风情线跃入你眼眸，带着青山，带着百合花的一抹橙黄。牛肉面的香味夹杂着玫瑰花的香气又争相向你扑来。你瞧，这个粗犷的西北汉子是不是又多了几分浪漫和诗意？

"雁势连云侵岳影，蝉声隔树见河流。"

在这个依山傍水的名城中，有一条百里黄河风情线，这里有黄河第一桥之称的"中山桥"，有身躯颀长匀称、慈祥可亲的黄河母亲雕像，有生动活泼栩栩如生的唐僧师徒西天取经的铜像。古老的水车缓缓地转动着，它深深地恋着这座城，见证这座城的坚强与温情，默默地陪伴着。

又走黄河南道路。杨柳春分，已拂堤千缕。燕子疾飞无一语，翅拍春水追春去。

每年来这里旅游的人数更是数不胜数。其中，夜晚的中山桥在红

九曲黄河万里沙，浪淘风簸自天涯

黄交织的迷彩灯点缀下，倒映在河水中亲波吻涛。繁星为它装饰，皎月都被它所吸引，配着对面山上的绿色灯光，三原色交织在这粼粼的波光中，宛若仙境。

随着飞扬在黄河两岸的天使翅膀——柳絮的曼舞，兰州人如同徜徉在春末的白雪王国。蓝色的天，黄色的水，白色的"鹅毛"，绿色的柳叶，瓦红的路砖，麦绿的芦苇荡。瞧，几只野鸭在那芦苇间觅食，燕子也出来活动筋骨了，水车园中沉睡的水车也耐不住寂寞了，咯咯咯地笑着转动它那胖嘟嘟的身子，惹得河边那漫步的水鸟成群结队地跑过来看热闹，它们在这如画的景致里都留下了一抹生机。闭上眼，你是否听到了大自然的笑声？仿佛连大自然都为兰州在点赞。

明代兰州诗人江得符曾写道："我忆兰州好，长河足大观。金山冲浊浪，青石锁狂澜。"兰州发展旅游业的前景十分开阔。兰州，这个大中国的一分子，它的富饶与美丽展现着我们国家的兴旺与发达，我引以为豪。

在新时代，如同其他城市一样，兰州有着自己特有的标签，牛肉面非第一莫属。兰州是中国唯一一座被黄河穿城而过的省会城市。有人曾说：一条长长的黄河将其劈成了两半。所以，兰州人动静结合的性格具有两面性：一面如那滚滚奔腾穿城而过的黄河，个个是直肠子，豪爽豁达，甚至一身"江湖"气息；一面又宽厚、包容、坚韧且充满智慧，好如那一碗牛肉面，翠绿的香菜，雪白的萝卜片，鲜亮的红油，各有特色，却包容各味。说起一碗面，清亮的面汤上几片牛肉漂浮着，俯瞰下去，犹如西湖上的一叶扁舟，从容率性。哦！不，这不是食物，而是一幅动静结合的画卷，使人不忍下口。就连清代的张澍也在诗中所写道："日出念真经，暮落白塔空。焚香自叹息，只盼牛肉面。"现如今，牛肉面已遍布全国甚至全世界，作为兰州的一张名片，一碗牛肉面向世人展示出兰州人的热情及兰州人对美食的追求。

兰州不仅景美、食美、文化美、历史美，最主要的是兰州的人更美。一杯黄河水饮出兰州人的直率，一杯黄河水饮出兰州人的热情，一杯黄河水饮出兰州人的善良与时尚。走在兰州的大街小巷，一个古老和现代化的糅合使你一点都不觉得有突兀。兰州话，这个极富地方色彩的语言，处处彰显着兰州人的直爽性格，南方的轻声细语怎能体会得出兰州话的艺术魅力？它直爽，它明义，它热情，它还是兰州人内心朴实爽朗的真实写照。

当你初到兰州这座西北名城时，你可以完全不用害怕所谓的"人生地不熟"，这里很快会让你有家的感觉。兰州人似乎都变成了你的热心邻居，让你对这座城市产生依赖感。各种高楼大厦拔地而起，南北两条山脉对河互酌，让你时而感觉身处繁华都市，时而又感觉晨钟暮鼓，心境悠长。

兰州自古就是丝绸之路的重镇之一，络绎不绝的骆驼商队来往于此，沟通着内地与中西亚的交流交往。兰州自古就出英豪名士，他们爱国爱家，激励着我们这一辈人践行爱国爱家的使命。兰州自古就是一个多民族聚居区。在这里的汉族、回族、东乡族、保安族、撒拉族、藏族等，就像一团石榴籽那样紧密。祖国是一棵巨大的果树，在它开花之际，那花香真是沁人心脾。在它结果时，那果实是那样的紧密。每一个民族都好比那一颗颗精美爽口的果实，我们的根连在一起，我们的叶连在一起，我们心也紧紧地贴在一起。在这片土地上，我们团结一致，相助相知。兰州就像一口烹饪着一道佳肴的锅，每一道菜都是那么可口，那么美味。近年来，"一带一路"倡议的提出，激励着每一位兰州人的爱国心，兰州必将在这个倡议的助推下，发挥自己独特的作用。

"人们不来偏北的高原哟，羊皮的筏子喝醉的城哎！扎着马尾的姑娘啊，憨厚老实的男人哎！来到花儿似的城哟……"正如这首兰州民谣所唱，兰州是一座憨厚的城，是一座粗犷的城，是一座浪漫的城，是一座美丽的城，兰州又是君子般的城。

兰州是中国唯一一座以"兰"字命名的城市！《说文》中曾写道："兰，香草也。"兰花最早的含义是爱的吉祥物。屈原在诗歌中将兰喻为君子，故后人又把兰理解为君子高洁、有德泽的象征。这是多么典雅的名字！这座城市正如它的名字那样圣洁、美丽！在兰州的街头，处处能让人

我是一个世俗之人，我热爱城市

感受到这座城市独特的魅力！这种文明的君子气息伴着兰州的历史，

一步步地走向未来！

无　言

洛　枳

东流逝水，叶落纷纷，荏苒的时光就这样悄悄地流逝了。穿了新衣，燃了鞭炮，就这样 2020 年在弹指一挥间悄悄溜走了……转眼间，崭新的 2021 年迎面而来，不知会有一些改变……拿到录取通知书一刹那间的欢喜，高考逆袭成功的踌躇满志，未来职业生涯规划的迷茫，疫情期间无法自控的散漫，种种情绪掀起的巨浪在 2020 年奔涌了一年……

大学一学期生活即将接近尾声，在这一学期里，曾经那些意气风发的规划，那些宏大的目标，都被现实打破重塑。下一步路该如何走？下一步的目标是什么？完成了这个该去完成哪个？一个个困惑纷沓而来……在高中曾幻想大学生活是美好自在的，是有自己可支配时间的，是有闲暇时间完成自己所想的事情以及梦想的，但是这些曾经的幻想瞬间彻底从我脑海里消失。曾经追求离开父母挣脱他们的束缚，寻找自由，但是我深刻体会到在享受这一切自由美好的同时，还要承受自由所带来的负担。父母曾经说的一句话，"待在爸妈身边，再没有比这更好的时光"。漂在现实的浪上，我才体会到这句话后面的含义……

漫漫长路何其多，压力迷茫催我行。此时此刻，我心中的那份坚定的信念却前所未有的虚弱……

人生，只要能照亮某个角落就够了

明日复明日，明日何其多。但是这些所谓的"明日"，总是在现实的磋磨下，显得琐碎、拥挤，不堪重负。我总是在考虑哪些时间该干什么不该干什么，却在左右权衡或犹豫不决时，任由时光悄无声息地流逝……

2020 年，我参加了高考，收获了喜悦，蜕去了少年的懵懂，但我不会因此去埋怨特殊的 2020 年，相反，我应该感谢 2020 年，它让我得到了前所未有的成长，懂得了生命的珍贵……

2021，我会尽自己最大努力，不忘初心，去谱写生命的乐章；也希望我自己能够乘上岁月的船，驶向梦想，去迎接新的曙光。

夜饱蘸笔墨尽情书写，但不影响群星闪烁，它们仿佛告诉我冬天即将过去，2021 年的春天在向我招手……所有的忧郁、迷茫和焦虑，如浮尘野马，终将被时间收服。

心之所向

兴 风

是敬畏，是使命，更是心之所向！不局限于表层的"快乐"，在于内在精神的升华。

他可能没有那么喜爱年复一年日复一日粘贴复制每道工序的工作，但是他明白自己应该去做这件事，他知道他的使命所在。从选材到一步步制作，他都会全身心地投入。他很珍惜每一种食材，因为他敬畏生命，他会尽力让那些作为食材的动物或植物发挥它们在这个世界上所能呈现的最大价值。

正是因为他敬畏生命的精神，也使得当地的海鲜市场、蔬菜市场的老板、商贩会将他们取得的最新鲜的食材留给他。从食材选择到按工序制作，他都会追求精益求精，呈现令人惊叹的效果。

所以，我眼中的他是敬畏自然的，他善于观察身边的事物，会和它们对话、谈心。不过，这也只是我眼中的寿司之神，根据我的经历和感受作出的判断。于我而言，我所向往的是心灵的清宁与干净。可能很多人都会认为贴近自然是体验生活的最好方式，而我想要追寻的是心灵宁静，不受外界嘈杂声音的叨扰，没有功利心地拥抱这个世界，像孩童一般。

我很享受瞬间的美好，也会因为瞬间的美而驻足停留。

一棵树，它懂所有的语言

　　总有一束光让你为之动容，总有一瞬间会让你惊叹不已，停留的瞬间抑或是与自然的共鸣。数次被大自然的鬼斧神工震撼，也庆幸自己有机会感受聆听自然的声音。停停顿顿，散散漫漫，倒也十分自在畅意。请原谅我未能用肉眼将其本身散发出的美与光芒的万分之一定格在一瞬间的相片之中。

　　我想与之对话的不只是自然界的动物与植物，也可以是被人类所创造出来为我们所用的物品。我眼中的它们是有生命的，我会将其赋予人的意向，这或是我对于世间万物的敬畏之心吧。

　　慢慢地，用一种孩童般的思想看待身边的事物，体会他们的美好、痛苦，一点点地变化，用心聆听自然的声音，与之同游更为淳朴、神圣的共鸣之境。

　　还记得初春的一日，我骑车路过一棵桃树，突然间被它独特优美

心之所向，皆是阳光

枝干所吸引，也悟出一言：世间万物皆是自然界所雕刻的最美艺术品。

世界上没有一片叶子是相同的，或大或小的事物都有其独特之处，都有它与生俱来的使命，或是像太阳一样照亮世界，抑或是像花丛中的蜜蜂一般传授花粉，都弥足珍贵。

但，这就是它，这就是最真切的它。我深深地感知到人类和其他事物的变化都是平等的，没有高低贵贱，没有真假对错，都不过是宇宙中渺小的一粒尘埃，却足以点亮属于自己的小千世界。

所以，美即宇宙的一种表达，它所产生的欢愉心情的力量，并不存在于大自然之中，而是出于人的心灵，心之所向，美在身旁！

共 享

伴月笛

苏子曰："惟江上之清风，与山间之明月，耳得之为声，目遇之而成色，取之无禁，用之不竭，是造物者之无尽藏也，而吾与子之所共适。"

夫天下之人，利己者繁多，利不尽，心不死。然君子之智在乎取舍。浊酒一樽，分而饮之，显情谊之深也。糙米一箪，分而食之，显情谊之固也。此间乐趣，未及者不可知。恰如杉木过江，独行不可至，须合二为一，成踏浪之舟楫，方可渡。此共享之效也。

东风一股，拂花苏醒。以庭院锁之，不予外漏，不亦悲乎？芳香透墙垣而飘入天地，行路之人责院墙之高而蔽花色，农人责院墙之高而遮春意。古有"春色满园关不住"之语。红杏傲首于高墙，姿色超越于世人，此乃得之。桃花低首藏其娇艳，此乃失也。

余闻窗外雨声沥沥，辗转反侧不能寐。吾所思者，学也。学可否共享之？为学者，静思其心，觉察其需，通明其向。出，如迅雷之速。择，如雷霆万钧。学，如春风沐浴。成，如秋果落蒂。不耻下问，不吝于吐怀。此共进之道也。

嗟乎！薄酒一樽，共享易之，命途利弊共享者，寥寥无几。"卧榻之侧，不容他人酣睡"之所想，世人多有之。然此乃谬矣，为小人之志不可取也！

古人云："海阔凭鱼跃，天高任鸟飞。"万类生于世间，共享九土之物，八方之材。芳草萋萋，共享原野。万国之内，孔子学堂亦有一席之地，文化之交融，与日俱增。中欧班列，商品之共享，亦如东海之苍龙，纵横于苍穹之下。

今我中华崛起之时，共享可谓尽其才，竭其意。苍龙腾波，乔木破顶，春风沐地，百鸟争鸣，英才如笋，雨润即生。共享单车，排如长龙。共享成就，铺列成原。思我中华之成就，无不显示共享之优效、科技之优效、国体之优效。吾每每思之，欣喜而感不可喻矣。

孤雁不饮啄，飞鸣声念群，当世之世，善假于物者，如猛兽增其翼，海鲲长其齿，飞禽固其喙。故曰：共享，定海之神器，耀目之明星，时代之巨浪。

昭如日月，平淡坦然

兴　风

昭如日月，平淡坦然。自在圆满，布满虚空。至此，菩提再启。

第一次读《凤眼菩提》是在去年的夏日，那本书是一位对佛学很感兴趣的朋友在一个偶然的机会赠予我的。

林清玄先生的文字总给人一种宁静平和、静默安然的感觉，除了之前推荐的《清欢》，给我印象最深的莫过于这"菩提"系列了。

还记得初读《凤眼菩提》快结束的时候，我将从中所学到的最为重要且有哲理的话与朋友分享，虽预示着第一次"菩提"历程的结束，但也依附着对下一段"菩提"历程重启的等待和期盼。

"勤修戒定慧，熄灭贪嗔痴。"这是初读"菩提"系列时给我最深的启发，我也希望可以不断学习和秉承其中为人处世的准则，不断提升，不断进步。近日，"菩提"再启，《紫色菩提》在一个偶然的午后进入了我的视野，因为紫色是我认为最高贵的颜色。希望在有限的时间里可以和这本"菩提"好好相处。

世界很大，装得下万水千山，宇宙星河。不过，可笑的是，一个人一生兜兜转转都只能在自己的小千世界里游荡。不同季节，不同地点，不同车次，一次次转乘往返，一次次擦肩而过。随之而来的是一次次焕然一新的景象，就是这样，谁也改变不了。犹如时间一般，在擦肩而过时，下个路口，下个节点，不曾复返，仅此一面，再无交集。

人海茫茫，每个人都在努力寻找自己的光亮，都在属于自己的旅行轨道上渐行渐远，不曾回头。所以啊，这一世能有幸成为一家，或为朋友，或为知己，该是有多么幸福。我们都是追逐繁星的行者，一不小心，陌路擦肩，只愿岁月多些温柔，你我安好。

镜子前的我们在看镜子里的自己，殊不知从几时起，镜子里的自己也在看我们。不过是穿越千年的影子在这一刻有了生气，分外惹人怜惜。

这一段，只一程，一束光的出现足以点亮你的春夏秋冬。生命中偶然的相遇，就像两条平行线于某一瞬间在时空中擦肩而过，见证彼此的点滴成长，浮沉过往，也将于另一个时间节点奔赴下一段旅程，不曾回头。虽不知来路，但总希望知道即将奔赴的归途。

那日，一行人刚到山脚下，天便下起了小雪，我们为了早些登顶，只得冒雪登山。小雪一路伴着我们，沿途留下了一路的脚印，一路的欢声笑语。

快要踏上最后几层石阶时，钟声响了，分外清明而庄严的声响缓缓回旋在耳边，似风似雨，轻重交替。如梦初醒的我，早已忘了一路登山的疲惫，坚定脚步，向前迈去，心里想到在这一地慢慢打开的久久拾起的心锁。

是啊，阵阵钟声响起，附近的行人都不约而同地放轻脚步，静默前行，生怕扰了此处的圣洁与清静。

小时候对周围一切事物都充满了好奇，没有什么是不敢做的，就是要把天上的星星摘下来也是可以试试的。长大后做事胆小了很多，就连登上高楼去看一看大气球也需要考虑一下。

我们奋力挣脱那捆绑的绳子，又不愿因解开绳子而卸下生活的伪装，殊不知，放下身心才能见乾坤。

蜡 烛

伴月笛

这是市区边缘的一座小村庄，私人建造的房屋横竖不一。开发商打算拆了这些平房，盖上大楼。拆前许下一户一楼房的诱人条件，可是村里人还有几户人不同意搬迁。有的是因为一套房不够住的原因，有的是离不开这片土地。就这么一直耗着。断电成了家常便饭，不远处的高层楼房一步步逼近，微弱的烛光从这些小平房的窗子里闪烁着，似有似无。

村子里原先驻守着村主任的，后来村主任也随着别人一起迁走了，余下的这几户没了个"主儿"。老周是大家选出来的村主任，是不愿意搬迁的人中的一员。他家里五口人，妻子和一个儿子、两个女儿，娃儿们年龄还小。一家人都盼着家里唯一的儿子周平超有点出息，周平超不负众望考上了北京的一所重点大学，这对于没有什么文化的老周来说，真是莫大的安慰。他的妻子逢人就说自己的儿子考到了北京的好大学。老周虽不是逢人就说，但自从儿子考到了北京，这腰杆子也硬起来了。每天早上太阳刚冒头，老周穿着"体面"的衣服，双手一背就出门和村里的老头们晒太阳闲聊了。

最后的通牒被一拖再拖，拖了大概一年时间。又是一年柳絮飞扬的季节，黄昏一不留神就在天空做了个劈叉，硕大的太阳立刻乖乖地退到小村庄背后的山头。夕阳的金辉洒在老周的脸上，他眼角的褶皱纵横交错，脸上却洋溢着幸福。太阳落下去了，聊天也结束了。老周拍拍裤子上的土，看了看远处，天被晚霞染红了，一丝丝暖风吹拂着老周的脸。老周哼着不知名的小曲儿，背着双手准备漫步回家了。

正在这时，一个西装革履的人叫住了老周，指名要找老周，说是上面要核实这个村的情况，认一下村主任。那人说话极其客气，最后给了一沓文件让老周签。老周不知一个深坑就摆在自己面前，也不仔细看看，就签了那些文件。签完后他得意扬扬地回去了，比上了央视还要神气！

"又停电了吗？"老周看着桌子上的两支蜡烛问妻子。妻子不说话，也不看老周一眼。她一直主张搬迁，可是老周很倔，就是不听。老周见状，知道妻子在赌气，他就什么也不说，埋头吃起了晚饭。

"你倒是想个主意啊，总不能一直这样吧？老李头一家上个月就搬了，他们还领了一套楼房呢！我听人家说，过段时间再不搬，就强行拆迁了。"妻子推了推老周，用责备的语气对他说。

老周一边放下了手中的碗一边说："我说你们女人就是头发长见识短，这不村里还有几户没有搬迁嘛！老李头没儿子，一套楼房够他住，若给咱们一套房的话，儿子怎么办？儿子大了要娶媳妇，总不能和我们挤在一起吧？我就不相信他们会把我从自己的家里赶出来！"

妻子什么话都没说，她知道老周似一头倔驴，虽然她心里不是很情愿，但一辈子都这么过来了，这次只好依着老周。

外面刮起了大风，风钻进窗户，吹灭了桌子上的那支蜡烛，微弱的光变成了一缕烟。风将院子里的一棵杏树的叶子刮得哗哗作响，妻子下炕将窗户关了起来，外面阴云密布，月光的最后一点点光芒也被乌云遮住了。望着窗外的杏树，花大多都谢了不久，有些枝头上还有几朵零零散散的花，老周叹了口气。

没过一个月，果然有一大帮人来到村里，在村头用扩音器敦促老周以及其他没有搬迁的人家赶紧搬迁，不然就要强行拆迁。老周和村里人都走到村头了解情况。老周见状对自称是拆迁队队长的人说："我们搬了去哪儿啊？睡大街吗？"那个人根本不听他说，冷笑一声，手里拿出一份合同："周先生，您已经签了房屋搬迁协议，我们是按照协议办事，请你们快一点搬出去。"老周看了协议上赫然出现自己的名字："你放屁，我什么时候同意搬迁了？""这个我们不管，反正你已经在协议上签字了，就要履行协议。"没想到这些人根本不听他的。老周和村里人十分气愤，开始吵了起来，最后发生了肢体冲突。自称队长的那个人用扩音器喊着让老周一行人住手，但是老周此时也听不进去了。于是队长下令先把每一家的院墙推倒，且每家只留一间房子。

随着他的一声令下，几辆大铲车发动了，随后老周看到的是自己住了大半辈子的房子的墙第一个倒了！老周的身躯顿时凝固了，两颗眼珠子要蹦出来似的盯着自己的家，脸通红通红的，额头可以看到凸起的青筋，双手颤抖了起来，嘴唇发紫，他大喊了一声，昏了过去。村里人赶紧去扶老周，老周的妻子在一旁歇斯底里地哭喊着，双手无节奏地拍着大腿，像疯子一样跑过来抓对方的脸。老周的两个女儿也哭了起来。老周缓缓地睁开了双眼，他透过围观者的缝隙看到了一切：墙倒了，村子瞬间变成了废墟，院子里的杏树也断了，冰冷的砖块儿

有故乡的人知道如何热爱并捍卫自己的土地

压在树枝上，结束了它还没来得及结果的一生。

天阴沉了，越来越沉了，云黑乎乎地压在人们的头顶。一声惊雷，让这几辆冰冷的机器停止了。那个自称队长的人限定老周一行人一星期内收拾行李，搬出村庄，在此期间，停电停水。他说完便扬长而去。村里人都跑回家看自己的损失，老周被妻子扶着坐在地上。看着远去的人，他捏起了自己颤抖的拳头，牙齿紧紧地咬着，用拳捶了捶地面，再回头看一眼自己的家，泪水不由得涌了出来。就连老周的妻子从来没见过老周的眼泪，她也瘫在地上哭着！大风吹了起来，周围的空气好似在呜咽，越来越冷了！

"滴答、滴答、滴答……"下雨了，雨点越下越大，雷声隆隆作响，老周与妻子在这泥泞的地上坐着，他们连站起来的力气都没有了，他们的头发和衣服都湿了。雨水和泪水在老周皱纹的疏浚下纵横而流，涩涩的，带着一股浓浓的灰尘味。天依旧乌黑，雨依旧不止。

妻子将老周扶回那仅存的房间，老周什么话都不说了，妻子正准备用木板把窗户挡住，老周挥了挥手，示意妻子不要挡，眼睛直勾勾地望着窗外，窗户玻璃被拆迁时弄碎了，风夹杂着雨一直吹进来。雨水冲刷着杏树的叶，泥水带着绿流向外面。妻子将家里的锅碗瓢盆都拿出去接雨水了，然后从抽屉里拿出两支蜡烛，放在了桌子上，又从口袋里掏出打火机，可是不管怎么样点燃，蜡烛都被风吹灭了。妻子用一只手护着蜡烛，这才点燃了它。微弱的烛光在风雨中摇曳，夫妻俩一宿没有合眼。

第二天村里人都到了老周家，说是来看老周，其实就是想问一下接下来该怎么办。老周和大家商量后打算找上面评理。就在这时，老周远在北京上学的儿子从村里其他年轻人那里听到了家里发生的事，急忙给老周打电话询问情况，并说自己想从北京回来。老周训了他一顿，轻描淡写地将事情说了一遍，并说自己很好，家里也没什么损失，让儿子好好上学，别想家里的事。儿子问老周接下来怎么办，老周就说他们商量了一下，准备找上面评评理。儿子劝他有事儿通过法律保护自己，应该上诉，或者让媒体爆料。可是老周以为法院和媒体靠不住的，政府说了算，结果儿子也拗不过老周，只能一再叫他们注意身体。

老周和村里人商量着一起去找上面评理，于是一起去了政府。没想到办理人员说他们这白纸黑字，签了协议就没有办法。老周急得冒火，连忙说自己没有签字，他是被骗的。没想到办理人员说他们也没有办法，老周一行人只能作罢。

眼看一周的时间就要到了，再没办法解决，就该收拾东西走人了，这时老周想起了儿子的话，靠媒体。他前些年也在电视上看到过，那些人就是凭借媒体的力量很快成功了，他一拍大腿，决定试一试了！他们托人找媒体。在媒体的爆料下社会各界也都知道了老周的遭遇，舆论的力量像狂风一样席卷。

市长知道这件事后十分气愤，责令相关部门赶紧处理此事，并且亲自带着一些人来到村里视察情况。听了老周以及其他人的遭遇，市长十分同情他们，他握着老周的双手，激动地说："这件事我一定会亲自处理的。"市长的脸上浮着坚定的神情。

天空中的乌云散去了，阳光从云中挤了出来，连日来的大雨让村子的路变得泥泞，市长带着一些人走在泥泞里，裤脚脏了，皮鞋泥泞了，依然不停地走家串巷地察看。到了老周家，市长看到了那棵折断的杏树，看到了破碎的窗户，看到了颓圮的高墙。屋里最醒目的是桌子上的两支蜡烛，蜡烛已经燃烧得只剩下半截了，蜡油在蜡烛侧面堆积着。市长十分感慨，问老周当初为什么不随大家一起搬迁，老周说明了自己的情况。市长身边的人都一一记录。

这一晚是温暖的，老周和全村人激动得睡不着觉，他们在老周家聊了一宿。月光洒在院子里，微弱的烛光与月光相呼应，像是在为他们祈福。

第二天，又有一些人来到村子里，这些人是和他们商量今后的生计问题的。老周一家分到两套房子，而且两套房子相邻，还在老周以前看过的那栋楼！老周激动极了，他打算和村里的人一起去政府门口感谢。他们走到政府门口时，将感谢信递给了守卫，并向后退了几步。看着雄伟的政府大楼前飘着五星红旗，以及门口墙上"为人民服务"

那几个亮闪闪的字异常鲜艳，心里也灿若星辰。

老周一家搬进了高层楼房，老周打开装行李的箱子，里面有一包蜡烛，他对妻子说："这些蜡烛扔了吧，我们也不需要了。"妻子说："留着吧，作个纪念。"两人相视一笑，看着窗外的景，太阳挂在蔚蓝的天空中，阳光是他们从未见过的明媚。

记得过去，记得我们的乡愁，那是我们的未来面目

好巧啊，你也在看世界

兴 风

喜欢文墨，因为初心。

高中时做过最疯狂的事莫过于为了自己有机会通过记者视角，去观察并报道那些优秀的传统文化，而在一个周日的晚自习义无反顾地搬起自己的桌椅走向另一个前途未知的领域。

许是年少，许是心急，抑或是为了无愧于己。

后来，渐渐明白即使不能成为记者，也一样可以去实现最初的愿景。因为优秀的文化早已融会贯通于不同的领域，身处异位也足以承先前之志。虽然知道自己的力量很小，但也愿意去尝试，去接近，去感知。

现在，可以在课余时学习传统文化方面的知识，也分外珍惜上关于传统文化的课。在这条渐趋明晰的路上，走走停停，记录自己的心得体会。读喜欢的书，做喜欢的事，与志同道合的书友一起执笔挥墨，背包中也时不时会有一把折扇若隐若现，晃晃荡荡。

喜欢军旅，因为热爱。

年少时不经意的一段对话至今犹记：

友："你长大想考什么学校呀"

我："我想考国防大学，想考军校呢。"

友："但是好像国防大学的分数线很高哎！"

我："好像是这样，没关系，试试吧。"

那时的我并不知悉其中的意义，只觉得曾向往的地方是充满正义、力量和极其威严的，直到后来才慢慢明白那里不只是正义和力量的汇聚地，更是责任与使命的驻守地。

说来惭愧，现在的我因为自身条件不足终究未能实现当初的军人梦想。还好，西北师大给了我一个可以圆梦的机会，在那里，星月相随，战友相伴，每一个奋力奔跑的夜晚都弥足珍贵。

一袭作训服，一声训练口号，一帮好兄弟必然都是我大学生涯中最为深刻而温馨的记忆。

很多时候，现实总会毫无防备且极其无情地击碎我们心中的那些似乎不切实际的幻想。但是，成长比成功更重要。只要向前走，总能发现自己。

我们同在看世界，繁华三千又如何，辛酸落寞又如何，不过是过眼云烟一般，稍纵即逝。只愿你我能常存感恩之心，怀拼搏之力，传递善意。

好巧啊，你也在看世界！既然人生苦短，世事无常，何不去做些自己喜欢的事呢？永远积极向上，永远豪情满怀，永远坦坦荡荡，永远热泪盈眶，世界定会为你让路。

致书友

兴　风

世界很大，但每个人都有自己的小千世界。愿我们都能如愿做自己喜欢的事，读自己喜欢的书，哪怕只有一点时间，也慢慢走、慢慢品。常怀善意和勇敢，拥抱未来和明天，感谢相遇。

致喜欢马克思的佚名：

希望你以后有更多的机会和更大的平台去讲述你对马克思的热爱和学习。你呢，也越来越像一个讲述者，生动、幽默和有趣，新时代的思维和用语同传统的哲学相结合更容易使听者接受。你让我对于马克思主义哲学有了更深刻的认识，突然觉得所有的哲学并不都是那么高深莫测，不是所谓的枯燥和乏味，更不是完成学业的工具，而是特定历史条件下出现的一种关于自然、社会和思维发展一般规律的科学。大多数人或许只沉浸于学术理论的阐释，却忽视了生成它之前的历史背景和对人性的反思。坚持去做吧，大胆喜欢你认为对的思想，追求你心中的正义和哲学。那束光终会照亮你心中最圣洁的地方，请相信，一定！

致颇为深沉的含光：

乡土气息的阅读似乎是更为淳朴、贴近生活。含光的思想和学习似乎是更为深沉些，有自己独特的风格，若是用具体的词来形容却又找不到较为合适的。总之，很平静且富有深意。如果有机会，一定要学习更多的历史和它背后不为人知的一面，大众认知的、既定的，并不一定是最真实的。历史是历史，也可以不是历史，而是胜利者的书写，充满隐秘和忌讳。这个有趣的东西的确需要我们细细琢磨琢磨，钻研钻研的。

致心诚念真的照梓：

是的，我也相信，心诚念真，一切困难都会让步。我之前也很喜欢看悬疑类的书，悬疑式层层推进，探索背后的原因。曾经在一部探案剧里看到这样一个片段，两个民国时期的女大学生性情率真且乐观，但因为某些原因，其中一个女孩要为另外一个女孩报仇最终触犯了法律。直到最后真相大白时，那女孩被带走，临走前她说的一句话让我至今记忆犹新。她说："士为知己者死，无怨，无悔！"她们不过是为了追求心中的正义，反抗现实的不公而不得已犯下错，但她们本心是向善的，是渴望美好的。愿心诚念真的你永远平安，快乐，顺遂。

致细腻的欣星：

听到你的分享，觉得你的思绪似乎很细腻，多了几分宽容。你让我对于"人间失格"有了新的认识。《人间失格》的主角叶藏生性怯懦敏感，对人类生活充满恐惧与不安，再加上人情的炎凉，以及家人之

回首前尘，尽是苦痛的过往

间的虚伪和欺骗、校园生活的无聊与枯燥、社会现实的冷酷残忍，这一切都使他与现实格格不入并成为人世间的"异类"，失去了为人的资格。但他又不惜用生命作为赌注，将自己青春年华置于实验台上以揭示现代人的困惑与迷失，从而寻求人类最隐秘的真实性和人类最本源性的生存方式。然而透过滑稽怪异、玩世不恭的幽默文字背后，你让我看到一个真实而又充满理想的"永远的少年"，以及对幸福人生的执着追求和美好生活的热切向往的心。

　　小说的情节呈现出"背离"与"互反"，尤其体现在男主人公的形象塑造上。但我在你配乐的诵读中，感受到的是温情和坚韧，但愿你的世界无须仰仗周围的给予，而是能自由撷取繁华和宁静。

致喜欢雨天的洛枳：

我也很喜欢雨天，喜欢在雨中漫步听雨滴下的声音。是的，如你所言，下雨不一定是悲伤的、凄凉的，也可以是快乐的、爽朗的。雨，是一场人与水隐秘地相遇。雨果曾言："天意只需要一点小雨，只要一朵不合时宜的云彩飘过天空，就足以推翻一整个世界。"是的，雨是无数诗歌绘画描写的主题，是天气预报的首要内容，是大自然生命之源。人生总有雨落时，大雨小雨，一滴一滴……希望你能关注更多的关于雨的文化书写、雨的历史纪事、雨的自然观察……

致与我相谈甚欢的长离未离：

喜欢你的率真和谦虚，有自己的想法和追求，一直在做自己喜欢的事；真的很喜欢和感性认真却也逗趣的你聊天，不经意间就会被你的可爱触动；也很喜欢你推荐的"菩提"系列，谢谢你带我们观赏了那么多风格多样、开阔眼界的图书馆，有机会一定要亲自体验。还记得我们的约定吗？待到来年山花烂漫时，定要登远山、携折扇、听琴音、吟诗词，再话浊清。

致憨厚的千则：

书中的淳朴善良是你也所具有的，你的谈话、行事会让我们觉得亲近、信任。不同的时代有其独特的思想，历经背叛、悔恨和不解，在年岁积累的书中世界得到了救赎，现实和经历使他成长、醒悟。愿憨厚、谦虚且善良的你以后会有更多的奇妙的读书体验。

致善于思辨的汴望：

认识你这么久，一直觉得你的思想很奇特，深刻思考背后的你看到的是大多数人看不到的一面。善于思辨，喜欢作诗，喜欢表达自己独特的想法，就是特别的你。有机会一定会再听听你对于科幻小说的体会和看法，开拓新的阅读领域。

致乐观善良的笔沁：

很喜欢你推荐的纳兰词，纳兰性德一直是我印象中君子的模样，他的词以"真"取胜，写景逼真传神，词风清丽婉约，哀感顽艳，格高韵远。乐观的你用自己的行动去了解你的"朋友"——纳兰性德，他眼中的世界是痛苦的、悲伤的，需要外界的善意去感化他，很幸运他遇到你，你遇到他，彼此慰藉。愿未来的你可以一直用这份乐观和善良去面对这个世界。

致反方向思考的凯月：

感谢你对于我潇洒的评价，有机会可以切磋切磋。你用一种反传统的、不遵循常规的方式思考。众人追寻的方向固然是很具力量的，但打破常规的、反向的探索或许在一定程度上更能引人深思。大胆地用你的思维考量，勇敢地说出来便已是突破了，但无论如何，都不要忘记坚守心中正义，加油！

致向往圣贤的墨尺：

很荣幸可以听到你的心声，对于自己现状和境况的问询；对于这个世界的追问和思量，都让你看起来比我们早觉醒。你喜爱儒学，也走向了中国哲学世界，在那里遇见了老子、孔圣、庄子和孟子，乃至众多先贤。我坚信，未来的你一定会更坚定地走上属于自己的路，那时的你必然是更加勇敢的、清醒的。去做自己喜欢的事，大胆一些，不羁一些，坦然一些。我呢，也会如你所说，在自己选的路上坚定地向前走，或许少了些热闹，少了些锋芒，但也必然是幸运的。愿你我一同尽心知性，在这无限的世界，做自己所能及之事。

致和蔼可亲的恩师：

回顾历史，不禁感叹先哲和前辈们的智慧和奉献精神。忆往昔峥嵘岁月，看今朝潮起潮落，望未来任重而道远。我辈青年自当铭记先贤教诲，在新时代的浪潮中掌握自己的前进方向，不断突破和进步。不为良相，则为良医，您虽不能普济万民，也定会在专业领域奉献自己的才智。

君子知命不惧，日日自新！

下个路口，那份光亮

兴 风

听风，听雨，听世界。

我们总是幻想着一场说走就走的旅行，渴望探索这个未知的世界，渴望踏过那些荆棘丛生的边界，渴望闯进那些浪漫旖旎的森林梦境，你真的准备好了吗？此一行，忽觉幸运，好像离一场说走就走的旅行又近了一步，也对于这个似乎嘈杂的世界有了另一种向往。当然，这向往是在早些时候便已驻扎在心里的。

有人说生活太累，好想来一场说走就走的旅行，没有牵绊，没有顾忌。但这在大多数情况下都只能是在脑海里闪现的念头，哪怕这个念头在自己的脑海里已徘徊了好久，后来发现，还是没有了后半句。

因为，第二天，同一个城市，扰人的闹钟会准时响起；忙碌的街道还是车水马龙，人来人往；工作结束，门前的路灯依旧为你照亮回家的路，似乎一切都未曾改变。

只是，抬头，一笑。

也有人说要不忙完这段时间就出去转转吧，但是得好好计划哦，我可不信哪有什么说走就走的旅行，都是准备后才走的，包括心里的酝酿。每个人都有想去的地方，想要暂时离开自己生活的城市，却发现，计划终究是计划，未成现实。但愿，下个路口再见时，计划和现实交织，渐趋理想。

你站在人潮中，感受夏日的炙热，看太阳东升西落；你说，你想去树林里看彩虹，听到最后一丝细雨落入泥土的声音，你飞奔向前，影子跟在身后，流畅、曲折。终于，看到了，雨后的树林，鸟语花香，树叶尖偶尔滴落一颗残存的雨滴，猝不及防，打湿了额前的几缕碎发。你停下脚步，转过身，满眼充盈的是笑意，这雨终于如约而至。

雨说，你慢慢来，我会等你的，等你慢慢见识这世界，再带你找到回家的路。

我想，在不远的将来，某一天，我会很自信地说，来一场说走就走的旅行吧，现在就走，不再拖延。

来人间一趟，总要去看看这星月山河的壮丽、江南水乡的古朴典雅、沙漠戈壁的粗犷豪爽。

还有等待你的下个路口，那份光亮。

万物皆有裂隙，那是光照进来的地方

兴　风

最近不知何故，思绪略显沉重，脾气也掺杂着些许浮躁，许是这夏日的气息笼罩所致，抑或是近日琐事繁忙，少了很多翻起书页的机会，只觉得心中乱了些章法，迷了方向。

还记得，从前车马很远，书信很慢，我们偏是喜欢提笔以信感念远方。在信息并不通畅的时代，依旧可以静静等待一次次问候的传递。那时的人儿，借信传意，必然是分外纯粹、自然的。

铺开精心挑选的信纸，慢慢拧开注满墨汁的钢笔，笔尖缓缓落于信纸之上，一串串字符已渐入眼底，或肆意潇洒，或温柔宁静。收信者，且不说内容之深意，光是这泼墨诗意的信封便足以触动人心了。仔细想想，若是如今的生活也有此般传递感念的人儿，那自然是非常难得的，也自会是这路遥车远的人间甚为珍贵的记忆。

读过这样一张时间表吗？

1：00：卖水果的婆婆准备收摊了。

1：30：外卖小哥还在给加班的白领送夜宵。

2：00：饭局上应酬的中年人才刚到家。

3：00：值班医生正全力配合抢救刚送来的病人。

3：30：货车司机已经整装待发。

4：30：卖早餐的婆婆吃力地穿过逼仄的弄堂。

5：00：唤醒城市的环卫工走上寂静的街头。

这个时代从来不缺忙碌的人生，现实终究会将天真的幻想一瞬间捻碎，空旷的十字路口也可能只有一人，越走越远的不归路上，未知尽头。

但你也一定迎面碰到过感动的宁静吧？我见过凌晨五点钟的天空，星河依旧；见过清晨八点钟的街道，车水马龙；见过午后屋檐下，光影休憩；见过夜晚九点钟的城市，霓虹纷起。可，我想，我还是去看窗外低吟的虫儿、依偎在大树下慢慢长大的花草、停留在门口懒懒洋洋的猫儿，还有夜晚荡着月光的湖面。

就这样，慢慢发现，安静地感受大自然赋予的美好，只是看着，不要言语，就好。

浮躁之气免不了伤了心性，如果你也遇到烦心之事，不妨试着放空自己，去外面走走，赏赏花景，听听雨声，发现细微纯真的自然世界，说不定会有意想不到的惊喜出现。

要不，在一个雨后的下午，走进图书馆，在书架间徘徊选择，翻开书页，慢慢读下去；和朋友一起走进一间简洁舒适的咖啡馆，慢慢品尝，相互交谈；在一个合适的时间节点和父母打一通电话，彼此寒暄，互相安慰，闲话家常。

总之，若是可以，定要偷得二两闲时，给自己释怀的机会，慢慢来，不着急。

看过光怪陆离的人间，后来的我们，希望多些安静，多些自由，多些坦然，且慢慢等待吧。

换了人间

伴月笛

　　一艘承载中国革命未来的船，在嘉兴南湖诞生了中国共产党，中国人从此有了主心骨。从新文化运动到五四运动，中国青年在道路选择中摸索着，终于找到了一条康庄大道——只有中国共产党，才能推翻旧世界，重绘新时代。

　　进入新征程，中国共产党为实现第一个百年奋斗目标，带领全国人民打赢了脱贫攻坚战。在这个无硝烟的战斗中，中国人民在党的正确领导下，创造了无数个奇迹。在这一伟大事业中，青年群体展现出了新时代下新青年的崭新形象。

　　致富脱贫寻广道，摘除旧貌换新颜。

　　百里高山，千里黄土，东风不度北风驻，岁岁年年积贫苦。这个被繁华抛弃的县城——东乡族自治县，正是我的家乡。儿时的记忆中，土墙颓圮不堪，路面崎岖不平，目之所及皆黄土。山区人民世世代代面对吃水难、行路难、上学难、看病难、住房难、增收难的顽疾，却只能仰天长叹。全年难得见雨水，月底不见有存粮，上天见了不落泪，春风一见便回头，沟深山大的黄土地却留不住离乡人。这是东乡人民的生活写照，东乡族自治县的"全国重点贫困县"的旧帽难摘呀！

　　2013年2月3日，习近平总书记来到东乡族自治县高山乡布楞沟村看望贫困群众。时年 14 岁的我有幸见证了这一历史性的荣光。"把水引来，把路修通，把新农村建设好，让贫困群众尽早脱贫，过上小康生活"，这句话令父辈祖辈热泪盈眶；也因为这一句话，无数青年志愿者也纷纷加入建设"新东乡"的伟大事业中。我知道，从这一刻开始起，我的家乡要"破壳重生"了。如今，时隔七年，沧海变桑田，我的家乡也发生了天翻地覆的变化：水洁净了，路宽敞了，房子整齐了，树更绿了，离乡的人们回来了……

著名作家臧克家曾说过："只要春风吹到的地方，到处是青春的野草。"这七年，无数青年志愿者奔赴东乡，在田间地头，在山间小路，在科技农场，处处能见他们的身影。党员干部，共青团员，毕业大学生，在党的号召下，毅然投身于建设东乡的事业中：荒山植林，挖坑背树，护苗嫁接，逢山开路，遇水架桥……纵横的汗水中播种着青春的理想，家乡振兴的希望在飞扬。躬逢盛世，每个东乡人脸上无时无刻不洋溢着幸福的感动。

槐荫品茗群翁乐，笑论今朝是小康。

如今老人们三五成群地谈论着党的好政策。从唐汪杏花微雨到丹霞石壁，从红塔山下千亩良田到锁南坝的云海翻腾，从大夏湾的波光粼粼到河滩的千亩大红袍，青年团员党员无处不在。他们是时代前进方向的掌舵者：他们为络绎不绝游客介绍着当地景观，他们运用专业知识技能造福一乡，他们……在他们的带领下东乡的面貌焕然一新，旅游发展达到了历史的新高，真正为东乡人民增收致富。这一刻，每一个东乡人民才真正明白，什么是绿水青山就是金山银山。俯瞰沿洮河经济带的建设，让每个东乡人民心中有盼头，有期待，有惊喜，有信心。东乡人民在党的领导下，终于找到了适合地方特色的发展之路，成功摘掉了贫困的大帽子。

多难殷忧新国运，动心忍性希前哲！

百年的风雨兼程，百年的披荆斩棘，中国共产党所取得的成就是瞩目的，历史选择了人民，人民选择了中国共产党，而一代代青年人的青春洪流也让中国共产党的生命力源源不止。中国共产党真正实现了让中国人民站起来、富起来、强起来的历史性转变，深刻地改变了国家落后的面貌，深刻改变了中国人民遭受奴役、压迫的局面，人民翻身当家作主，中国共产党为实现民族独立人民解放呕心沥血。

青山遮不住，毕竟东流去。

池田大作曾说过：青年不是生活在过去的人，也不仅是生活在现在的人，而是生活在未来的人。中国青年是未来的建设主力军，事实证明，没有任何力量能够阻挡。宋庆龄这样评价青年：青年是革命的柱石。青年是革命果实的保卫者，是使历史加速向更美好的世界前进的力量。诚然，青年在奋进新时代的征程中发挥着重要作用！在党的领导下，我们正不断进步自己的思想，为伟大的时代添砖加瓦。

上下同欲者胜，风雨同舟者兴。

党和人民血肉相连，同呼吸共命运，才能克服发展道路上一切的艰难困苦。祖国建设不停步，我们新青年仍须砥砺前行踔厉奋发。"厉害了我的国"每个中国人心中都难抑自豪之情，书生意气不只是激扬文字的豪迈自信，更有不负时代韶华的坚定信念。

春日残思

伴月笛

四月春风骀荡，百鸟始鸣，远处几缕垂柳婀娜。此情此景不禁把我的思绪带回 2019 年 4 月随父回乡祭祖那一天。

我的家乡在东乡族自治县，是个春风不度的荒僻之地。我与父亲忙完祭祖事宜后，被家族中一位伯伯请到家中款待。席间，父亲与伯伯畅谈甚欢，我实在不懂他们之间的趣事儿，便借口出去走走。

村中有一处向阳的空地，三面背风，因此只要太阳出来，便有一群老年"常客"在此闲聊，久而久之，这块儿地方便成了村里人口中的"老人台"。我要拜访的主人便是这里的常客——马伍麦勒老人，86 岁的伍麦勒老人是村里唯一健在的老党员。不出我所料，他正坐在那里低着头晒太阳。那一刻"老人台"上只有一个孤零零的身影，旁边长长的拐杖十分显眼。

老人虽然年近九旬，但依然身体健壮，白色络腮胡须被整理得十分整齐，黝黑的皮肤上被岁月刻下纵横交错的皱纹。我走上前去，用民族语言问候了一声："色俩目！"他睁开眼睛，对我上下打量了一番，拄着拐杖缓缓站了起来，面带微笑略带疑惑地问我："你是谁啊？"在我们那边，小辈儿是不被老人记住的。于是，我便告诉他："爷爷您好，我是伊斯哈给的儿子，乃比尤的孙子。"老人恍然明白了起来，笑着连连说道："哦，你是乃比尤的孙子啊！唉，人老了，小一辈的人就像地里的韭菜一样，长得一茬一茬的，一般高，认不全啊！"我礼貌地笑了笑，说："今天怎么就您一个人啊？我过来陪您坐坐，您给我讲讲过去的事儿。"

"现在的年轻人肯听我这个老头子讲乱七八糟事儿的已经没有了，你倒好，还喜欢听这些。"老人笑了一声，捋了捋满脸的大胡须，脸上纵横的皱纹舒展了，我也应和着笑了一下。

我陪他缓缓坐在了凳子上，老人脸上洋溢着笑容，娓娓道来："唉！现在的小孩儿真是把福享尽了啊，我记得我们那个时候没吃的没穿的，日子苦哟！爷爷我是旧社会的人，我爸爸妈妈在我11岁那年饿死了，我跟着我哥哥一路乞讨来到了这里投了亲戚。我记得1949年8月28日，东乡解放了，姑姑用姑父的裤子给我和哥哥一人改了一条裤子，用麻袋给我们俩缝了个上衣。那时候我高兴极了，因为我终于有衣服了。比起那些光着屁股乱跑的小孩，我算是幸运的了。"老人说着说着神色黯淡了下来，眼角眼泪闪过，嘴角微微颤抖起来，连带着满脸的皱纹也颤抖起来。我看到这个情况也不敢说话了，生怕说错什么。良久，老人缓缓地说道："唉！吃人的旧社会啊，真的是没有说错。"老人说着说着眼里眼泪打转着，又强忍了回去，最后从上衣口袋里拿出一方手帕，拭了拭眼角的泪。

"唉！幸亏解放了，这共产党啊对百姓那可比旧社会好太多了，家里分了地，日子眼见着越来越好了。我15岁那一年第一次吃玉米面做的贴饼子。这是我长大后第一次尝到了粮食的味道，我舍不得吃，生怕吃完就没有了。从那以后，我最开心的时候就是姑姑在灶台上做贴饼，我们围在灶台边等待。"老人哈哈笑了起来，捋了捋胡子，脸颊上的皱纹像波澜一样散开，那是苦难后得到满足的笑容。

我听到这个却笑不出来了，鼻子酸了起来，心里五味杂。唉！哪有什么岁月静好，只不过是我们背后有一个强大的祖国，像呵护孩子一样呵护着我们。

许久，我继续问道："爷爷，听我爷爷说您是个老党员，年轻的时候带领他们一起干公活。"

老人听后哈哈笑了起来："我比你爷爷大十多岁，我年轻的时候泼辣，不怕困难，1957 年我就入了党，那时候当党员干部是个长脸的事儿，就是成了'公家'的人。1958 年的时候，公社设立了，因为我是党员，所以被选为我们队的队长。那时候你爷爷还是个十岁出头的孩子，公社就是大家一起干活一起吃饭，不分你的我的，干活每天有工分，吃饭也分配。那时候啊虽然大家都穷，但是每天都精神足，大家去地里干活时排队唱着号子去；那时候说要'赶英超美'，我们信心可足了。"老人说着脸上的"菊花"又开了。

"后来大炼钢铁的时候，我带头在村子的麦场上用红泥做了熔炉，炉的下部用一个风箱，风箱的把手很长，两个人可以一起推拉。我带头把家里能用的铁都捐了出来，村里人都开始捐铁，有些人连锄头上面的那点铁也捐了，就这样，我们熔出了七十多斤'黑疙瘩'。钢铁出来的时候，比孩子出生我当了爹还激动。后来啊，在大家的热烈鼓掌下，我们给这个'黑疙瘩'披上了红缎子，热热闹闹地送到了公社里。"老人越说越起劲，眼角还挂着激动的光。"唉，人老了，昨天的事或许很快就忘了，但是过去的事就像刚刚发生的事一样，怎么也忘不了。"

"我听我爷爷说过,那时候挨饿了,没吃的就吃树皮、草根之类的。"我继续搭着话,试图引导老人说出我想听的。

"是啊,那是1958年的时候,一亩地一年产多少粮食那是定数,也就七八百斤,好一点的有个九百到一千斤。后来县里就开了会,有人说自己田里亩产两千斤,又有人说亩产五千斤,最后干脆直接说亩产一万斤。公社里下来传话,今年必须达到亩产一万斤,我们没办法了,一亩地就算再怎么样也不可能一万斤啊!后来我们两个公社一起合作,检查的时候把两个公社的粮食放到一起。可这样一来啊,我们手里就一颗粮食也没有了。1959年干旱,到五月了一滴雨没下,水地的苗都晒死了,那一年真的是挨饿了。"老人说到这里长叹一口气,头低垂下去,许久才叹着气说道,"粮食是庄稼人的命啊!"

"那后来怎么样了?"我越听越起劲,着急地问道。

"唉!后来公社食堂每天做的糊糊汤,就这样,每人分的糊糊汤也不多,勉强顾个命罢了。"

"糊糊汤?什么是糊糊汤啊?面糊吗?"我竟然愚蠢地如此问,可是我实在想不出这个叫"糊糊汤"的究竟是什么。

"哪里是面啊!我们都叫它'树面',就是把树皮扒下来,里面的一层白的,我们叫'白肉',粗糙的外皮我们叫'黑肉',用剁刀剁成小颗粒,放到石磨里面磨成粉,加点野菜野草,放在大锅里熬,熬好以后每人就一小碗,蹲着遛边儿喝,这就是'糊糊汤'。唉,说起这个汤啊,因为我们是党员,所以等乡亲们都吃完了才过去,有时候连糊糊汤都没了,我们只能挨饿了。"老人一边说一边用手比画着,如数家珍地说着,纵横的褶皱间夹杂着些许无奈。

　　老人看了看旁边堆放整齐的树干和秸秆儿，又向远方看了看来往的车辆，好像思索着什么。他白色的胡须在晚风中像垂柳般摇摆着，额头上的皱纹被夕阳照得发亮。老人喃喃地说道："唉！现在的人真的是享福啊，国家的政策这么好，不愁吃不愁穿的，我们这一辈人算是吃了好多苦。你看，我们村里现在家家户户都盖上了小二楼，小汽车来来回回地跑，真好啊！国家富了，百姓也就跟着富了，现在这个社会啊，跟我们那个时候比，真是人间天堂。"

　　是啊，我们在祖国的大树下乘凉，可能不知道外面烈日炎炎，老人的一生便是新中国的步履蹒跚到成熟稳重的过程，不断摸索着前进，把这个十四亿多人口的国度建设得这么美好。

　　晚风送来一丝凉意，把不远处的垂柳惹得窸窣作响，太阳向西面滑去，老人准备回家了。他叫我去家里做客，我辞谢了老人的善意，伫立在夕阳中目送着老人的背影，一人一杖，颤颤巍巍，渐行渐远。

　　旧的时代终于远去了！我不禁长舒一口气，转身大踏步，信心满满地要去怀抱一个新的时代，一个属于我们的时代！

岸 止

汀 望

偶有思量，行至河岸，

树影绰绰，流水汩汩。

盖有《断章》之意，无奈主客之分。

霓虹辉煌，心意阑珊，

信步款款，街桥迟迟。

易揽汀州烟箬，难望南山之月。

觥筹流觞，可缓三秋矣？

放逐天上，洒脱人间，

自顾雨蒙蒙，我亦行山中。

天涯有长，金城无恨。

第二辑

独酌清风诗

少年，不曾远去

兴　风

小时候总是围在妈妈身旁，

听她讲过去的故事，

停停顿顿，

不厌其烦，

人间芳华，

和着无言的歌声，

缓缓向前。

这一年，端午时清晨，

睁开双眼，

懵懵懂懂。

期盼已久的五色绳伴着，

清清的艾草香，

早已牢牢地系在手上。

未曾知晓，

抬头望见妈妈的眼眸，

清澈，慈祥，明朗。

长大后，

在信里、电话里、视频里，

本已而立的少年，

依旧轻声唤着妈妈。

辗转往返于，

不同的城市中和妈妈一起，

想念过去的记忆，

悠远、绵长、深刻。

缓缓向窗外看去，

天很蓝，风很轻。

同样，

不经意间期待下次相遇。

后来啊，

少年渐渐远去，

妈妈停在原地慢慢等候。

岁月的童话，

像风一样，

诉说着，

年轮变幻。

这一年，
端午时，
少年喜悦地问候妈妈，
隔着屏幕。
手腕上的五色绳若隐若现，
织法平整，丝线流畅。

可不知为何，
似乎少了些许欣喜，
少了些许味道，
总之不及儿时心欢。

只盼得，
人间芳华，
岁岁年年常安康。

请把春天还给我

伴月笛

那一夜，

你放纵所有的感情，

把一个天外的故事和你的情节，

勾连得如此动人。

透过瀑布，

窥探你的秘密，

你的心，

竟然比水更清更澈。

春风拂柳时想起你，

一匹白马驮来一城春。

叫醒一片树叶，

绿了一个季节的梦。

追逐吹走你影子的那缕风，

天涯不再遥远，

古塔不再灵异，

躺在仙境后的你不再抽象。

追着你的脚步，

春，款款而来，

拥抱春，拥抱你。

一方天，

褪色的岁月，

淡化成一片蓝。

请你把去年春天的一抹绿还给我，

请你赐给我色彩外的季节。

唱一首绚丽的歌，

记住你灿烂的细节。

风会飘来一片一片的诗，

浪漫啊，人生啊，

谁在低吟生机之美？

谁在升华光辉的岁月？

星河之上

汴 望

我圈起一万光年的篱笆，

在天空开垦菜畦，

种下了荠菜万万顷，

挥洒给人间烂漫。

我在银河边淘米，

米粒是星辰千万闪烁的璀璨。

淘米水泛白了银河的肚皮，

这一淘便是亿万年洗涤繁星。

喜鹊挤满了屋顶，偷吃我晾晒在凡间的星星，

作为回报，每年在银河之上搭一次桥。

跨过桥，我把用米做的饼摊开挂在桂树的枝头，

跨过桥，牛郎看见桂树清晖赶来相会。

我渴望

觊 月

我渴望的，

是洒在桌面一抹的日光；

我渴望的，

是认真地吃饭、睡觉、生活；

我渴望的，

是每一种渴望，不只是渴望。

不知多少个日子，

人们都拖着疲惫的公文包，

囿于现实，兜兜转转。

他们望向窗外繁花锦簇，

转而拍下手中那枝白茶花。

最想做的是分享，

最怕做的也是分享，

一是无人问津，

二是有人问津。

我渴望，

打破习以为常的轮回，

去了某个不知名的地方，

体验短暂深刻的静谧，

我猜那一定是一片草原。

有没有一种孤寂，

能带着远去？

数着深拓的马蹄印，

吐纳野草的温柔呼吸，

让我感觉我从未远去。

情绪们嘟哝着烟消云散，

我不忘深情而感激地望向远方，

因为它知道，

我渴望它将这个世界映上橘红。

　　（这是一篇写给我高中语文老师的诗，很感谢她是唯一支持我进行诗歌创作的老师。在她之前，语文老师强调的是，作文只能是三段谈五段论豹头猪肚凤尾，写诗歌就是大逆不道。看到她办公桌上的白花，遂为她写下这首诗。）

邂 逅

笔 沁

你是我无法企及的温柔,

如杨柳沐春风,

轻念般若。

素雪春阳,

我下你于眉头,

来一次白发相守的邂逅。

深　秋

汁　望

昨夜露珠遇见深秋来袭，

于是在今早凝结枫叶花荻，

蝉与歌声都躲在石磐罅隙，

缘是凛冽打了个趔趄，

把我从梦中惊醒，

来杯高粱！

大学城很匆匆，也挤满了打战，

沧桑的老槐却十分平淡，

把一片新绿飘成鹅黄来看，

又与我何干？

依旧摇曳着北风的不堪，

再来杯高粱，听到没有！

一年的记忆都挂在树梢摊开，

是否只我一人在此凭栏？

多少个夜里任灯火阑珊，

独倚高楼放眼角声声残，

秋的箫声透着左顾右盼，

喂，来杯高粱！

木叶总躲在夜晚飘落，

所以才有你看到的一地深秋，

而它故意把悲伤染成金黄，

我却不知道这究竟是喜是悲，

悲的是我还是秋？

来瓶高粱！店小二！

雨中花

洛 枳

撑着一把小雨伞，

独自漫步在西师每一角。

只听雨滴声陨落，

宛如灿烂星河。

跌入繁星织梦，

遨游在繁花散落处，

只看那花瓣雨散落，

似幻非幻，

如时光搁浅。

只看那万树繁花，

一片一片滴落，

紧随着。

默默地，

默默地行着。

此时此刻，

屋檐下的雨，

依旧在下着，

街旁的晚风依旧在吹着，

如梦似幻。

曾一起在屋檐下许的誓言，

被风一吹就落下。

百字令

汴　望

叹

忆乱

意阑珊

相思诘难

怎顾风流畔

春来江水未暖

依依杨柳拂人裹

丁香雨落罢患风寒

关外悲笳吹瀚海阑干

路遥川急催车马越山峦

远眺碣石望晚霞星汉

怕只怕倾心拆两

独自求他个心安

管那一拍两散

秋落断鸿雁

两处悲欢

无人还

装蒜

瞒

你可曾来过

兴　风

我听过耳边的风，

看过天边的云，

只是还未见过你。

曾几何时，

你也同如今这般，

仰望星空问询宿命与归途。

你说过，

不日，这山河必将尽览于脚下。

东去的滚滚烟波，

便是你我来过的见证。

你一定见过的，

年近古稀老者肩上的石块。

血痕渐显而隐去，年复一年。

不甘离开精灵口边的枝丫，

河海翻涌，飞鸟自相为伴。

月洒江边，多年始未终，

脚下的大地早已换了时空，

今兮古今，不复。

兰 州

汴 望

我热烈地翻腾在黄河两边，
黄河矗立在中间。
她把浑浊痛饮，咆哮着雷电，
把喧嚣撕破，起舞翩跹。
不禁寄相思一片，
洇了昨天。

我也撑过羊皮木筏，
可如今只能思念无涯。
耳畔遥远的战火声飞下，
镇守一方吗？
何以为家？

流连过往世今生的旖旎，
也揖别过草长莺飞的距离。
繁华在昨日滔滔里泛起涟漪，
而我只能低头暂忆故里。

旧恨新愁都随我惜别，

敬一碗新酒，饮得甘冽。

有多少枯荣能于尘埃中湮灭？

我却不惧希望被崩裂。

还于清晖与明月，

我愿守一轮圆缺。

一叶扁舟

伴月笛

我不愿是一叶扁舟，

匍匐在冰冷的江面，

把心凉透。

纵流漂荡不过是文人的笔墨，

我从未摆脱枷锁，

像乞者那般满身污垢。

我不愿是一叶扁舟，

脚下从未有过踏实的泥土。

像是城门悬首，

看尽冷眼和讥笑，

在风雨中颤颤巍巍，

没有港口。

我不愿是一叶扁舟，

成为游山玩水的踏板，

心如死灰地望着一切。

天地在我眼中早已失去颜色，
被冰冷浸泡着心灵，
渐渐没有了爱恨情仇。

我不愿是一叶扁舟，
口鼻常常被人压进水里，
而水却也冷眼旁观，
双重压力下煎熬着痛苦。
你向往的自由呢？
呵，挣扎中哪有自由！

我不愿是一叶扁舟，

像候鸟那般居无定所，

又像大海上的一根稻草那般，

不知停在哪个滩头。

我曾无数次梦见希望，

醒时却委顿依旧。

我希望身下的砾石，

将我凿透，

缓缓沉入这江底，

回顾着戏剧般的一生。

睡在踏实的泥土里，

这才是我心中的港口。

鱼刀俎

汴　望

永远，永远在跳动，
瞎眼的江湖客啊，
还是没有抵住蚯蚓的诱惑，
于是便躺在了刀砧板上。

永远，永远在跳动，
即便身首异处，
半截身子已被买走，
余下的还在跳动。

永远，永远在跳动，
秤盘上面红耳赤地讨价，
两匙料酒，几片葱姜，
是不是打扮了你最后的体面？

永远，永远在跳动，
从青荇到篓筐，
从砧俎到餐桌，
永远，永远跳动着。

海西之赴（茶卡盐湖篇）

觊 月

如果说从飞机上能远眺天空无垠，

那么茶卡盐湖便是熨帖在大地，

我有生之际最能靠近的，

以及行走触碰的苍穹。

远处祁连山脉延绵的冰山，

在世界的尽头处望向我，

此刻我是高原虔诚的信徒。

我曾逃入书里、照片上，

现在我真切避匿旧有的一切。

我没有带书，也不必带，

甚至连我都显多余。

他们的一生都在追随，

追随爱人的足迹，

追随生活的美丽，

追随浪漫的边际，

追随万物的哲理。

而我的一生都在逃离，

逃离六点的日出，

逃离鞋底的泥土，

逃离灵魂的归属，

逃离自由的苦楚。

同行者急不可耐，

乘着火车往更西处疾驰。

对桌是四个他校同学，

我不知所措地看着他们嬉闹，

我庆幸我独享一份静谧。

朋友在火车的另一节车厢，

于是我们约定，

要把两半星球尽收眼底。

草原，大漠，湖泽，雪山，羊群，

飞快地出现，飞快地消失。

回过神来，

正置身盐池中央，

盐海洁白如雪，

终于领略稀缺的乐趣。

我们尽情呼吸萧飒的风，

没有时间拍照留念，

这样就假装并没有来过。

我又一次成功逃离，

如此也能回头张望，

那些正追赶我而来的，

热情的缄默与清冷的黯响。

宿　命

笔　沁

宿命，

遇见你之后，

至此明朗起来。

终于尘埃落定，

你是我终将守护的美丽。

愿付诸余生欣喜，

给予你世界的欢欣。

旧　路

汗　望

草垛堆砌着戈壁的荒芜，
原野簇拥着矮树的孤独。
我猛然回首——
繁华换成独处，
他是那样的无助。

遥远的轰鸣挡不住古道的颓圮，
老槐的新芽只能相拥而泣。
塞外的老骥丢失了来时的足迹，
从此少年只能放牧孤寂。

春风拂槛，无法吹进往日的照片，
来年的新绿无法涌入离人的思念。
我看着仆仆风尘浮现，
是你悲欢交织的激滟。

我把树影斑驳都揉进眼中，

把长亭错落都装进行囊。

随着汽笛驶向远方，

不再逢人贩卖忧伤。

我会赠你一件礼物——

当年模样。

岁月不居

伴月笛

这一年，

似被时光简笔勾勒。

过得如此匆匆，

春风还来不及和煦，

花苞便绽开了；

叶还来不及绿透，

冬风就来了。

这一年，

一些人始终彳亍在，

我内心的青砖红瓦处。

记忆拼凑不出一幅，

完整的画卷。

霞光依稀在日落前，

有多少人和我相视一笑，

又如湖水涟漪一般消逝了。

而我此刻也将与2019年擦肩而过。

透过我的心窗向里看,

隆冬被软禁于牢笼。

一勺池塘边依然有垂柳,

一粒太阳里依然有光泽。

披着梅花的香色,

静静地看着 2019 年凋落。

平平仄仄的脚步声,

回响在我的脉搏。

离我越来越近的 2020 年,

缓缓向我驶来。

这是小时候最兴奋的时刻,

也是如今最害怕的时刻。

月亮躲在云后哭得昏厥,

惜别着余晖。

这一年,

抢走了我多少滴眼泪,

这是幸福从眼眶中挤了出来。

爱情像一杯清茶,

从 2017 年的清香到 2019 年的浓郁,

两片红唇,吻着深夜,

似一个吻,把心甜透,

似一个眼神，让嘴角微扬。

2020 年扑鼻而来，

我想把你轻轻接住，

珍藏在充盈着柔情蜜意的心中。

这一年，

书写了多少个版本的未来，

还来不及装订成册，

就在懦弱中夭折了。

2019 年的牙牙学语，

我却教给它庸人的懦弱，

挤进 2020 年的列车。

我想重新带着希望，

书写新的篇章。

致李蒸先生

觇 月

一声枪响华夏复置于水火，

一令西迁教育救存在旦夕，

一袭长衫驭住了西北乱世风沙。

一马当先两达兰州三思议定，黄河欢腾；

一贫如洗再度起家众子同勉，安宁生辉；

一枝丁香在苍黄之地点染出来热情色彩。

一生自觉与这片土地联系在一起，

一心无怨同基层教育交融在一起，

一如生机之树盎然扎根陇塬。

一阵一阵，木铎声起，百廿韶华。

一页一页，书典阅过，千勋伟绩。

一代一代，师生承传，万象更新。

一朝从教，三千桃李，三千日月。

一语难休，几行诗，谨以缅念。

（注：恰逢西北师大双甲子诞辰，作为师大学子，校史鲜活而令我动容，尤其是西北师范大学第一任校长李蒸先生一生致力教育事业，事迹感人，谨以此诗缅怀。）

从未有一天

笔 沁

从未有一天，

如此渴望开学，

想念那琅琅书声，

塞满书本的课桌，

还有古怪搞笑的老师。

从未有一天，

如此思念一个人的容颜，

怀恋一起走过的街，

一起坐过的奶茶店，

还有小打小闹的每日趣欢。

从未有一天，

如此渴望，

如此怀恋，

但我始终相信，

终会有一天，

世界依旧美好平安。

舟自在·答友人

汴 望

夜已深了，就

熄灭言语。

别让泛黄的字迹，

再透着孤独，

像戈壁的骸骨，

堆砌着荒芜。

拼尽半生赚来的离愁，

却用余生细数。

等待黎明，去

照亮来路。

晨曦与晚霞，

都不该被黑夜辜负。

放手扁舟，

任其江上行。

揖别昨日的温柔，

回眸之间船渡瓜州。

雪 印

伴月笛

你泼在春上的一捧冷水，
切断了，
大地的动脉血管，
使它挣扎，挣扎，
死在一片雪海的浪中。

你与天际线相拥热吻，
用白绢蒙住了万物的眼。
这段黄昏恋啊，
或许只剩下这一次炫舞，
但依旧翩若惊鸿。

冬的谢幕已经落下，
你本该与它一起退场，
被封印于过去。
可你天生傲骨，
无视冬的暮鼓，春的晨钟。

视网膜上拓印的远景，

不全是单调的。

睫毛是天地间一个驿站，

让你歇息在这里，

伸入大海心灵的锁孔。

春天再一次难产，

胎儿在啼哭几声后咽了气。

如果上苍意欲如此，

在这白纸黑字上会有它的印记，

令它等待下一个晴空。

捕捉一枚坠入沧海的声音，

你让整个世界战栗。

灵魂摆渡着，

二月中旬的兰州，

不见了往日的霓虹。

太阳请了病假，

可为什么是雪在值班？

这个没有细胞核的冷血物，

本不应该来的，

如今却霸占了整个天空。

来吧，厚颜无耻地来吧，

冻麻我的神经和皮肉，

除了心，全部枯死。

这大地上的雪印，

跟随着温度的行踪。

为我心中的那个人铸造穹顶，

用心房的温度呵护，

允许她吮吸我迸射的血液，

住在我最柔软的那一处，

用画笔，还原她的星空。

梦与诗

觊 月

头一次感受到文字的生硬感，
它强行拉拽我仅有的记忆，
想把那无尽的温暖与痛苦，
统统浮于纸面。
我不说，拼命反抗，
可是人都是自相矛盾，
我在和自己作对，
却又似乎痴迷于自我错乱。

我发现软弱常伴于身侧，
你总在提醒我该做什么，
去和某人拍张合照，
去给大家批改作业，
去与奶奶话别此生，
去将心动拨乱反正，
可是我从来没有办到。
我站在时空异处。

117

回顾这一幕幕的稀松平常。

隔着的是我长久的傲慢狂欢，

那是你我只能回望的天堑。

曾经你看见沉默侵蚀我，

将我引出模糊的压力云团。

可我并未察觉你在的彼岸，

远处飘来你连成片的纸船。

你提醒我尚无与孤独为伴，

积攒感动写入仓促的信笺。

我的回信被阻于你的门闩，

无处可去的它们，

和举足无措的我，

都在你孤岛的狂风里弥散。

你不能做我的诗，

正如我不能做你的梦。

这是胡适之先生的论断。

你曾无数次出入我的梦境，

我也曾不敢把你写进拙劣笔墨里。

可是我天生不够果敢，

这还没能等到我的灵魂腐烂，

就想悖逆天性道理，

再次为你写尽苍白的漫漶。

金色的冬天

汴 望

可后来啊，

麦田的金黄向凛冬流去，

谁还在等老腔一曲？

我驻足须臾，

在大雪纷飞的雨季，

让那些日子目光如炬，

罅隙里，总有炽热落地，

我也不惧。

珍珠链

伴月笛

浩瀚洒在眼中的黑曜石，

映出了这片热土。

浪潮不断拍打一颗向外的心，

闪电刺破云霄，

一只破碎了壳的血蚌，

哼唱着童谣。

它属于过去，

子女却属于了未来。

这是一排粉润的"抢手品"，

从天然之物变为贵妇的项上物。

从此没有了自由，

沦为被炫耀的饰物。

皇冠下虚伪的笑容，

被高高地挂起。

接触它的是白手套，

没有大海的气息，

没有沙砾的爱抚，

假装活得逍遥。

没有人在意那根串联的细线，

在皇冠下，

显得不值一提。

珍珠也有自己世界的合久必分，

若没有线的串联，

或许早已分道扬镳。

九霄外的星河，

一泻千里，

珍珠般洒落在，

这个与它并不相关的河流旁。

从此推开它虚掩的心扉，

放下了千年的寂寥。

说　辞

汴　望

天桥上的叫卖用呐喊稀释生活的苦，

写字楼的辉煌试图掩盖这匆忙下的酸楚，

电梯把人们送往另一处相似的孤独，

每个人都在拼命奔忙，

你凭什么哭？

霓虹斑驳敌不过夜风袭来的冷，

你就朝前大步走啊，我叫你别等，

我们都用不同的睡姿做着同一个梦，

可我眼前漆黑一片，只有一只舴艋。

你买了一副假肺努力呼吸，

轰鸣声就像 20 世纪的破旧鼓风机，

不敢在众人面前打半个喷嚏，

惧怕那目光刺骨笑声凄厉。

推杯换盏的欢笑在深夜是否太过沉甸？

又是否压抑着你手中的半只兰州难以缱绻？

在交际场上你会尽量表现得老练，

来维持着你自欺欺人又无人问津的脸面。

藕

伴月笛

我掏空了心灵，

努力变成了你爱的模样，

甘愿在黑暗中陪伴。

在这一勺池塘的画布上，

我永远在幕后，满身泥垢。

后来啊，就连你也爱上了，

那婀娜的舞姿，粉艳的面容。

从这一刻，

我麻木了身躯，

我恨透了这剪不断理还乱的内心，

我不知道去哪儿拾起脉搏，

和跳动的心脏。

我嘲笑自己黯然和蜷缩地活着。

不过，我不会自怨自艾，

心中的那股倔强依旧，

就算被净水洗礼，

我也不会像别人那样软糯；

即使是在淤泥里挣扎，

我依旧保持肉体和灵魂的洁白。

或许我不如荷叶圆润，

也不似荷花秀美，

但迟早有一天，

也必有那么一天，

总有人为了寻找我，

折了荷花，断了荷叶，

搅了满池的碧绿。

贰拾之溺

觊 月

绝望向我的每寸皮肤袭来，

它借以水的威严，

浸湿我迷浊的眼，

抽离嘴鼻里的生机，

致使喉咙如火中烧，

五脏混乱运转，

却丝毫不妨碍大脑飞快凝固。

热气只想更加迅速逃离，

唯有空气被牙关紧攥。

不安的指甲，

妄图抓碎无处不在的愤怒。

我也想朝干净的天空大喊，

可是我看见远处的少年，

传递来的是戏谑的目光。

顿时我的鞋底火热，

我想在极致的慌乱里面，

慌乱得体面一些，

即使脚底架空，

也要踩踏滑翔。

水浪拼了命往上爬，

渐渐淹没了全部色彩。

世界朝着水面一泻而下，

我即将被禁锢。

在一个流动的天堂，

当被我搅动的泥沙，

失措逃窜划伤我的脸，

我就已经预想到。

我的躯体会美丽地腐烂，

我的记忆被三百〇四条鱼吞食，

随着吐出的气泡，

漂到水面之上消散，

全部擦拭我存在的痕迹。

太阳着实强势，

河水吸纳我，太阳剥夺它。

于是我不得安分地被蒸汽带走，

越上升越冰冷，

越聚集越热烈。

不得安分的我又被驱逐，

和叛逆者们一同降落，

最终在一块水泥板上摔个粉碎。

我见识到了如此贫瘠的空间，

思绪回顾到沉入前一刻。

这一次，我肯定不会挣扎。

黑　夜

汗　望

我在黑夜里摸索，

我把油灯打翻。

油灯把我灼伤，

油灯把黑夜烧破一个洞。

有人听到我的嘶声，

有人想透过破洞看清我；

有人在逃避，

也有人在嘲笑，

都在黑夜里。

龙源情（其一）

伴月笛

这辈子，

注定要与你结下不解之缘。

今天又一次望着你，

久久不忍离去。

因为这里，

有我最美的回忆啊！

赤红翠绿的灯光，

仿佛那么柔情，

或许是在催我寄托思念。

闭上眼，

任寒风吹拂脸庞；

听流水哗哗作响，

任灯光闪烁，

步履匆忙。

你我隔黄河相望，

我从未想过，

你我这么靠近，

却又这么遥远。

忆往事，

你是否还记得亭下，

那羞怯的目光？

带着羞涩的微笑，

你见证了我们的爱情。

在这丁酉岁末，

有你，有我，还有她。

你的红瓦四柱，

会见证多少个三百六十五天。

愿今后，

不再是山河阻挡。

苍穹令那日月为之镶嵌，

黄河让那芦苇为之飘荡，

你是否会为我们的今后祝福？

我想你会的，

你可是我们爱情的见证者啊！

距离隔不断思念，

无论多么遥远。

龙源情（其二）

伴月笛

或许是见惯了你的翠绿，

现在倒不适应了。

那干涸了许久的碧潭啊！

你心中的那份灵气去了哪里？

就连黄河的浪影，

也与你渐行渐远。

一个被冬天驱逐的人，

却被你掀开了睫毛。

这里是没有秋风的，

可还是多了几分萧瑟。

亭上的雪早已溜走，

夕阳的余晖像极了针般的麦芒。

被你捆绑的身躯，

依旧不愿离去。

或许这才是原本的你，

即使褪了芬芳，淡了颜色，

依然令我沸腾的心，

不听使唤。

仰望杂乱的星空，

这倒是像被艺术家的画笔

肆意挥洒过那般，

却徘徊了你多少个，

三百六十五天。

我想这才是永久的陪伴。

所有的寒风肆虐，

曾经都是惠风和煦。

黄河水冲不淡记忆的痕迹，

我伫立于堤岸望着你，

落日在那边，

我在这边。

龙源情（其三）

伴月笛

绿早已油尽灯枯，
萧瑟被囚禁于冬的眼眶。
抖落的花叶晕染你的肌肤，
粉碎了冬的枷锁。
一颗炽热的心在呐喊，
许久未见。

雪依然在竭尽所能地藏匿，
躲避太阳的追捕。
镶在你华冠上的宝石，
颗颗都是那么耀眼。
往事的浮华只不过是，
一缕青烟。

被抽干了绿色的池啊，
你如今难再现小亭的花容月貌，
成了这龙源的多余物。

但坚持二字刻在了你的骨上，

即使你的美，只是

昙花一现。

被思念蒙住双眼的人啊，

眺望天际的那片云朵，

飘出你娇羞的模样，

烙在梅花的蕊上，

我怎么舍得你，

顾影自怜。

本想与落日一起退场，

却被你的绳索越绑越紧。

看倦了你身边的潮起潮落，
路灯吝啬得不想让你分得一点，
或许你早已习惯了星空的
粗茶淡饭。

黄河与落日一见钟情，
落日红了双颊，合上了双眸。
而我的心愿披上寒风，
心甘情愿地被你绑架
睫毛常守着蛾眉，
相知相伴。

龙源情（其四）

伴月笛

你期待的云销雪霁，
哪有什么你我分明。
风吹灭了太阳这盏灯，
灯丝上，
覆盖着它冰冷的肌肤，
将你的衣裙漂白。

列车载着雪从九重天驶来，
终点站悬在你的头顶，
使你性格变得高冷。
冻结了黄河的非分之想，
你是心有所属的，
等待着南雁衔着春回来。

你竭尽所能地粉饰，
却也留不住雁的南飞。
亭啊，

这爱情的媒人，

此刻，耗尽了年华，

垂落着双腮。

雪又获冬的恩宠，

接二连三地侍寝，

翘首傲视。

你厌极了冬的薄情，

辞掉了它的婚帖，

在夜的冷言酸语里等待。

寒冷总是冬的主人，

温暖又一次难产。

湿润了睫毛后停了心跳，

盖上了白布，

如今只剩下了，

一撮久久暗恋的尘埃。

我用着爱慕者的身份，

吻着你的玉手。

心头那扇被推开的门啊，

再也没有关闭。

在你身下徘徊着，

满腔的爱意将我掩埋！

春 雨

觊 月

春雨恣意纷扬在朦胧的天空，

风儿把窗子上的旧报纸吹落，

闲坐在教室里，

没有斑驳喧嚣的三言两语，

没有紧张压迫的高考节奏。

只是想，

静谧地、偷偷而坦然地，

瞥向窗子以外！

只是——

眼中依旧是一片模糊，

我所希望的、寄托的、寻找的，

到底是什么？

还是本就像这窗子以外，

单调，沉默而平凡无奇。

原来，不只是我如春雨般，

每个人匆匆来到，又匆匆飘落。

只为世俗之外，

一个凝望而来的眼神。

从而使一切美好而自然，

值得每一滴雨义无反顾，

每一个人奋不顾身。

我尚不能做到烟雨任平生，

也不能忘身于皎洁的白月光，

唯有疲惫空乏下地一瞥，

把积压的雾霭离散。

只为见一眼，

雨后万物都化作了的油墨画。

庸 人

汴 望

霓虹裹挟着路灯摇曳行人，

酒瓶吞吐着烟圈缓缓而升，

你也曾在我梦里美得认真，

可凛风掀翻蜡烛留下泪痕。

我终是个庸人过客匆匆，

仇笑悲歌吻痛，晚来无葭，

且任它无羁芳华也驰骋天涯，

我也看得夕阳，流水人家。

不在夜雪深里忆楼兰，无措仓皇，

信笔纸笺处几点清澈落款惆怅，

晕开水墨，帙卷勾勒的竟是你的模样，

而我自斟自酌，杯影缱绻满是轻狂。

梦 处

伴月笛

静静地，

我合上了双眸，

独自感受这冬的寒，

这是崖上的一块儿巨岩。

从这里可以望得很远，很远，

让我想化入这苍茫中。

渐渐地，

思绪不知飘到了何处，

却使我暂得愉悦。

这是梦中的一片桃花源，

花瓣似雨般引来抚琴幽唱，

却遗忘了那棵临崖的百年松。

淡淡地，

我站在了这里，

堆积起满地的落红。

这是大地的一份馈赠品，

芳香中沉淀了多少故事啊，

讲它的前奏是整片星空。

蒙蒙地，

我又回到了那个梦中。

青山挡住了最后一缕夕阳，

如果可以像狂雪那样，

我多么希望飞到那天空中，

向那需要的地方俯冲。

永 恒

觊 月

电影总是极尽温柔，

消失的人重遇，

错杂的事相通。

故事生长，哪怕

无可奈何，无能为力，无所适从，

照样演绎美满，

讲述苍白，回忆斑斓。

骨骼标志上残遗的手汗，

布拉格某处散乱的针管，

青海车厢内寒冷的蜷缩，

孩提时光里杳杳的信笺，

非洲战地外空寂的冢园，

生命脉络中奇异的迷幻，

什么才是永恒弥漫？

生命体验者，总是

习惯以第一人称看第三人称，

好似痴迷注视彼岸，

丝毫不顾此岸无助地坍陷，

感受无形冷暖，

周围欲留之影难挽。

成长事关匆繁，

随途大多离散。

有的人欲哭却喑，

有的人借此立传，

有的人疲惫不堪，

有的人觅朋寻伴。

人生没有章回分段，

万物难挨沧海瞬变。

相见太不简易，

重逢实在艰难。

如若，

消失的人再响起柔软轻喃，

错杂的事也唤醒熟悉呼喊，

如此，

离别方是永恒，一切都在感知里苦欢。

　　（注：作为一个不是特别爱看电影的人，我承认我在看到《不老奇事》的时候触动了，电影里面一直在寻找什么的主题，什么才是永恒，原来是离别。只希望，在没有离别之前，每个人多些参与，少些遗忘。）

少年的塞外

汴 望

是谁点燃一缕青烟升起在眼眸深处，
任世俗饕餮这无边的旷野？
是谁低吟远古的苍凉踏破马蹄声响，
以民谣呐喊这黄土的贫穷？

塞外的老骥丢失了那片草原，
从此少年只能放牧远方。
陈旧的屋檐丢失了一轮清辉，
从此夜雪只能抚慰忧伤。

我的梦想镌刻在九月的星河，
挥洒人间。
你的眼泪凝结在四月的天空，
无欲思念。

可那刺骨的西风吹不散你远去的步伐，
来年的繁华眷顾不了往日的凋零。
我只能抱紧你消散的影子 ，
敬一杯甘洌，敬来日方长。

中山桥恋

伴月笛

我想追寻你的故迹，

在金城关的城墙上俯瞰。

黄河水勾勒出你的模样，

浸泡着你的脚掌。

你曾诞生在，

那个风雨飘摇的时代，

伤痕累累的土地上。

你是古城的新生儿，

一出生就为你披上了橘红的礼服。

你芙蓉般亭亭玉立，

隐藏着少女般的情怀故作肃穆，

像七彩的虹那样在此点缀，

仿佛与清末的色调格格不入。

你脚下沉睡了多少风起云涌的旧故事，

那旧事的骨上，

149

被条约绳勒得几乎断裂的痕迹，

那个水冲不淡的痕迹，

你是否看得清楚，

它内心的痛苦与无助？

我想轻吻你的纤纤玉手，

闭上双眸，

腾出自己的余生陪你回顾；

躺在你的身边，

对着夜里的长空将那繁星细数，

感受生命的繁茂与干枯。

　　小时候，父母经常会带着我，在中山桥边漫步，长大后知道了中山桥的故事，让我更加对这座古老的桥产生了一种情愫。

历史给你披上了灰色的貂裘，

黄河是否会因此心生羡慕？

我想追寻你的古迹，

在河岸边的芦苇滩上眺望，

从南到北。

我准备了两封情书，

一封我请求流水镌刻你的回忆录，

一封我想让它在我的心里永驻，

变成我一生的眷顾。

活　着

觊　月

雨依旧在屋外飘絮，
顺着屋檐滑落青石板上，
他的瞳孔掀起涟漪。

唔，雨连成一片帘幕，
把他挤缩在这天地一隅。
他哑哑口，
仿佛想怒斥什么，
却也是硬生生地收回去。

没人知晓他去哪，
真的无从知晓。
就像没人知道天气骤变，
以及这破屋突兀出现。

人们笃信他是个鬼魂，
蓬头垢面，步履蹒跚。

152

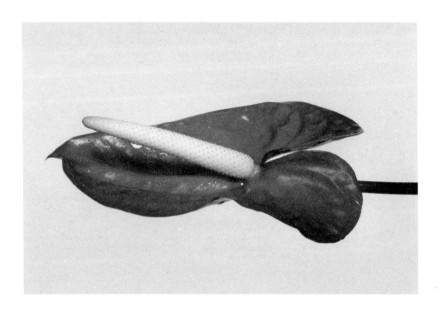

人们笃信他有个好脾气，

不骄不躁，不愠不恼。

人们笃信他有个好归宿，

那就是活在他们之中、他们口中。

没人知道他会来到这儿，

就像没人知道暴雨连珠。

以及在他脑中被浮想。

雨声里夹杂鸣声，

半眯的眼中含着悔痛。

也许是他本不该到这来，

153

也许是他让自己孤独为患，

进而迷恋地蜷缩到屋角。

他挺喜欢这安全之地，

莫不就此安居？

渐渐，笑意漫漶他将来的伊甸园！

他会在这写下他的《飞鸟集》，

他痴痴而安然地睡着了，

行之有效地进行着。

待他醒来雨停了，

他大步迈出木屋，没有一丝犹豫，

——这世界什么也没发生。

（注：这首诗虽是我写的，但我也看不清文中的"他"是一个怎样的人。拿给过很多人看，得到的是不尽相同。所以，我希望每一个看到这首诗的人心里都有一个答案，替我。）

梦笔闲谈

汴 望

星河裹挟着阑干，

诉说着千年的沧桑。

老槐摇曳着少年，

遥望着无尽的裂痕。

而你在等待么，

那昨日的黎明？

夜空随着我的起落而曳曳生姿，

秋千是谁不灭的回忆？

古木的虬枝低吟原野的苍莽，

篱笆春生，

却禁锢了我的远方。

望断星河，

泪眼婆娑了你的模样。

单车推搡着我的无奈，

长椅在等待谁的旧爱？

芦苇飘荡着些许慵懒，

晚霞的绯红映湖心涟漪，

我还在期待着你的到来。

夜游西湖公园所感

伴月笛

其实我们都是孩童啊，
爱玩本就是天性，
却隐匿着心中的顽皮，
故作庄重。
那久违的开怀大笑，
像是被解除了封印，
直冲苍穹。

被冷落多年的捉迷藏，
伴着欢笑，重得恩宠。
树杈上一动不动的黑影，
草坪低地静伏的大块头，
粗树身后的"隐身术"，
灌木丛中偷笑的声音，
使我们卸掉了平日的矜重。

今夜的我们处处溢着淘气，

一改往日的面孔，

肆无忌惮地在草坪上，

滚着，笑着，闹着；

毫不顾及夜的寂静，

似乎这里成了我们的王国，

任那笑声放纵。

唉！人生这条高速公路上，

没有让时间停止的红灯。

我们渐渐消了稚嫩，

此时的狂欢不过是昙花一现，

但叶由幼嫩变得墨绿，

永远不变的是那份绿的基调，

随风摇摆于空中。

我的挚友们啊，

你们是我生命中的开水闸，

有了你们，

我心中的水便活了起来。

余生的路还很长，

我愿与你们同赏盛夏，

共度寒冬。

墨 秋

觊 月

西北的秋总是深入人心。

人们常言，

秋天是金黄色的，

兰州的秋也是，

但它并非是谷物丰收的亮黄，

而是千年积淀的古朴苍黄。

黄土地上根植的万物，

不可避免地被抽离鲜活的神色。

引以为傲的叶大多凋落，

与脚下的世界熨帖、融合，

从而开始了单调的生命循环。

缓慢的脚步声踏破了寂静，

一对恋人正一前一后走过。

前面的人踌躇地顿了顿，

将刚飘落的枯叶踩烂、踏碎。

"这次你真的要离开了吗？"

"对，我久病缠身，痊愈尚未可知。

此次向东而去，只为寻觅良医。

以后能否再见，只能先再见，

感谢你出现在我生命的盛夏……"

两个闵默良久的身影，

变成仓促的点缀，

奔入我眼中的世界。

空中仍有灰尘，

我倔强地认为它一尘不染。

一节平常的课，

老师问我们，

外面的秋你们看到了什么？

同学们试探着回复，

我哑口，

艰难地说出三个字：

油墨画！

西北的秋，

总是饱蘸笔墨，

深入人心。

（注：写过了家乡的春，自然不能忽视兰州的秋。写秋最初的动
力是来源于一堂课，老师在课上说，秋天最具有层次感，于是我便从
三个方面环环相扣，写出了我认为的西北具有墨色的秋。）

暗里回眸

汴 望

苹果树的叶子掉了，

好像有什么东西碎落一地。

在这炎炎夏日物影斑驳的早晨，

阳光还得再等一等，

却有位身影在走向秋天的路上，

子了一袭泛黄袈衣，

膝盖那里新打的补丁，

隐藏了多年来的风尘仆仆，

也装饰了来之不易的体面。

向盛夏晚晴天处挥手，

丁香花下，暗里回眸。

雷 雨

伴月笛

我想这应该是你最后一次
叱咤风云。
歇斯底里地呐喊，
遣散了心中多少不平的往事。
瞧！窗台上的那盆君子兰的叶，
也随着你的节奏而翩舞。

你倒是称心如意了，
却催醒了我这个鼾睡之人，
呆呆地望着窗外的天空，
思绪不知被几匹马驮到何处。
我懂你之所以这样咆哮，
是因为想表明自己不甘默默结束。

你也是一个有故事的精灵，
我曾从春日的绵绵细雨开始听起。
到如今的时而沉闷时而激昂，

似乎我变成了你忠实的听众。
我听得出你每一次的叛变，
都是一个故事的沉浮。

你把大地头顶的这面蓝色画板擦净，
或许是想为我画一道七色虹吧。
这令我有了一丝期待和幻想。
你在寒风的席卷下，
虽然有部分变成了雪，
却还是以雨的姿态将名节守护。

你们是旧时节的目送者，
亦是新时节的欢迎者。
不知道今日之后，
是否还能看到你的身影？
其实，我还是喜欢你春夏的柔情，
那条林间微润的幽路。

午夜的墨已经很浓了，
你也渐渐降低了自己的分贝，
好似一个玩累了的娃娃。
累了就睡一会儿吧！
可你留给了我一个不眠的夜，
让我静静地将往事回顾。

尘

觊 月

我就这样走着，
昼夜交替。
我离开了这片沙漠，
匆忙呼啸前往某处。

我走过一片草原，
牛羊惧我，牧民恚怨，
他们诅咒造物主，也怒骂我。

可我有什么错呢？
风对我说：
"沙漠孤冷，没有什么可以固守。"
凝望黄绿的草地，
我欣喜而又兀自伤神。
风察觉到我神情黯淡，淡淡地说：
"不要悲伤，他们从来欢迎你。"
我郁郁无言，心中五味翻滚。

许久，抵临黄河岸，

我看到一座美丽之城。

可偌大的城，

树儿却无依无靠，

叶早已凋落离去，

悄无声息，无可奈何。

我请求风稍作停顿，

我把树揽入怀里，

好似大雾弥起。

这一刻我化作了叶，

向树道尽对它的爱。

可我又听到了人们的哀叹，

说我恨不得将树木连根拔起，

我知道，自己该走了。

看了一眼头上毒辣的太阳，

希望它对大地少分狠心。

曳行，曳行，

风越走越沉默，

前面也越来越苍翠，

直到一座大山横入眼帘。

我们停了下来风说：

"就到这儿吧，

一千公里的羁旅，

我也将消散。"

我没有向它道别，

只在它离开之时，

慢慢沉落，

融入这儿，成为这儿。

我知道某一天，

花繁叶茂，簌簌声起，

就是风归来的讯息

只是此时，它不再暴戾，

而是温和中带着亲吻的湿润。

（注：作为在南方长大的孩子，在我的印象中，沙尘暴从来都只是出现在课本、习题的插图和手机照片上，而真当我有一天目睹，才知它的威猛。但是我不想写这场沙尘暴有多大有多强以及有多猛烈，而是想从沙尘暴自身的视角，想象它一路奔袭的情景。到底沙尘暴是无恶不作的恶魔，还是它也是一个受害者？我一直思索着……）

致爱人

伴月笛

我想化入你心中的那片

薰衣草的海洋。

以忘不掉为理由，

长期霸占你的心房。

北国的冬似乎是没有情调的，

可你的微笑，

冲破了寒的基调，

裁剪了夜的冷冽。

朝霞遮挡日出时的一缕娇羞，

我何尝不期望那一缕，

是你最柔情的模样！

让我化成鹏飞向你，

在你的身边尽情翱翔。

你我本是两个泥人，

爱却将你我揉在一起，

重新塑造成原来的模样。

这使我感到你中有我，

我中有你，

交织成了情感的密网。

爱像巴颜喀拉山上的一小股清流，

起初涓涓细淌，

如今就像壶口的涛浪，

最终注入余生这片汪洋。

你的莞尔一笑，

或许会在我心中逗留一生。

距离隔不断思念，

总会情不自禁地飘向你，

将你紧紧拥入怀中，

啊！有你的世界总是那么芬芳。

弦外之音

汴 望

谁在觊觎昨晚亲手丢弃的玫叶,

睁眼却看到清晨开在槐树枝丫上的鱼?

雪花胁迫着春风把夏日吹进寒冬,

一个喷嚏打出了成年旧账,往事重提,

把那年花儿多舔的一个瓶盖都算作罪过,

和着幽怨的深秋去暗算风尘。

可怜的花朵在深海潜泳,

涟漪是和盘托出的自杀详情,

还是鱼儿倾慕了花儿所以会飞,

把自己的海洋跌入星空。

星辰是眼泪附着在花瓣的炽热灰烬,

把银河的执着吹散,

却把自己熄灭。

黄 昏

汴 望

在你的黄昏里，

有一条蜿蜒的星河，

流淌过，

枝丫上难以抚平的皱褶。

我蹚过滚滚的黄河，

也触碰到星星跌落，

和你的脸庞。

赖 床

汗 望

月亮还在留恋西天的树梢，

夜幕还未完全褪去，

翻个侧身，

我回不去梦的起伏，

可又不曾有直面黎明的勇气。

太阳还未升起，

我还有一盏残灯的时间。

冬 风

伴月笛

你的脚印从山川踏来，

停驻在，

一个被太阳驱逐的世界。

你的声音在大海传响，

碎了波塞冬的浪漫，

醉了我的方向。

你瞧啊，

大地探索你的情思，

峡谷倾听你的心声。

你瞧啊，

那银杏树的神经末梢上，

叶摆脱了秋的缰绳，

一个流浪在云霄的人啊，

该去哪里倾诉衷肠？

未暮雨

汗望

我从你的一帘清梦路过，
惊三月春迟暮雨凉薄。
车马怎越山峦相思颠簸，
却道时宜难合是过客难说。

你似一颗红豆温柔绾于衣袖，
怕只怕点缀在一阵路遥马急之后。
后来我把月光梳理成藤条弱柳，
编织着难以居人的心底筐篓。

千年后清谈星河翻涌穹顶塌落，
只管赶路何顾眼前缱绻回忆流过。
任大雨欺妄少年无知岁月滂沱，
不再看满目都是你消逝的轮廓。

旁 观

汴 望

楼上的蚂蚁掉下来摔断了腿，

振翅的蝴蝶不小心扭伤了腰，

采花的蜜蜂喝醉后崴到了脚，

我能怎么办？打个响指嘲笑。

海滩的沙砾被驱赶着迷了路，

山顶的岩块睡醒后掉下山崖，

今天清晨门口的黄沙丢失了故乡，

我能怎么办？打个响指欢闹。

夜晚的霓虹在热烈背后打鼾，

马路的街灯在没人注意的时候打盹儿，

都在注视着你无人问津的尴尬，

我能怎么办？打个响指喧嚣。

晚风中的黄昏对饮着晚霞，

一杯酒洒向昨天换了人间，

蜡烛和黑夜一起漆黑，

我能怎么办？打个响指赔笑。

别青春

伴月笛

不知从什么时候开始，

从前别人眼中的小毛孩子，

一个个都青春萌动；

曾经流着鼻涕的土娃娃，

也紧跟了时代的潮流。

是啊，我们就在这一刻，

把青春的接力棒交给他们了；

是啊，这就是我们从小向往的成长，

这就是我们现在害怕的长大。

从前，我们哭着哭着就不哭了，

现在，我们笑着笑着就不笑了；

从前，我们嬉戏打闹不怕人恼，

现在，我们客客气气害怕人烦；

从前，我们总是不懂装懂，

现在，我们总是懂装不懂；

从前，星星就是星星，远方就是远方，

现在，星星却是远方，远方却是星星。

那时候啊，我们什么都缺，

可以因为五毛钱的雪糕，

开心得忘掉一切，

全是欢声笑语。

可现在啊，我们什么都不缺，

却只是看着眼前的手机，

无聊地上下翻看，

没有只言片语。

我们总算过了无话不说的年纪，

总算过了多愁善感的时期，

消磨了高谈阔论的豪情，

收敛了跟谁都熟的热情。

终于到了，

千思万虑编织成一句话，

到了嘴边却咽下的境地。

学会了逢场作戏，强颜欢笑，

习惯了无人理解，不做解释。

是的，属于我们的时代，

在酸甜苦辣中远去了。

锦官城上

汗　望

古蜀国的望帝一瓢水泼下来我躲闪不及，

可我没有带伞只能在雨中忙东忙西。

雨滴匆忙推搡着我的荒唐，

绕了大半个地球还是回到了玉林路的街头。

走过那小酒馆再听一遍《成都》，

熙攘攒动着你我摇曳着昔日的烟火。

我唱着日落，

霓虹裹挟着锦城把晚霞和星河都跌破。

为你写诗

汴 望

我在河边的小道为你走笔，

河水似我的心情一样，

潺潺包裹着汹涌。

柳梢上压满了叽叽喳喳，

叼走了我为你写的小诗，

叼到了你的面前，

你略显羞涩的表情下隐藏着欣喜吗？

反正我是。

火红的戈壁

汗　望

艳阳高照，

散落满地的骆驼刺，

在微风过后，

抚慰着，

戈壁的焦灼与孤独。

远处的山峦，

能否挺起西北的脊梁？

映入眼帘的裂痕，

割开了戈壁的彷徨，

一半通向远方，

一半跌入绝望；

一半洗涤过往，

一半沐浴阳光。

第三辑

巴山夜雨时

醉落魄

伴月笛

尘世独游，瀚海无洲月催愁，西亭北顾郎影瘦。望尽天涯，何处披星宿？

金阁玉栏妾如囚，粉面花黄难饰忧。一曲相思徒折柳。夙夜慰酬，盼君归来人依旧。

渔家傲·秋思

笔　沁

红枫绵醉落霜素，何曾孤雁托墨菊，梧桐泪弹寒秋雨，画月廓，两人对影独酌酒。

银蝶翩舞点绢柔，闲许几笔化清愁，原来梦牵萦绕处，叹萧风，一江秋色空自流。

蝶恋花·秋雨独梦

伴月笛

独坐高台意踌躇。稍感湿寒，才知秋风冽。佝偻老树徒留绿，垂首野花黯销魂。

幽园晓径暗香露。篱畔谁人，独闻杜鹃语？一抹情思万般愁，佳人梦中无觅处。

（注：来西北师大第一年，有一天莫名早起，因夜里下了场小雨，空气湿凉，我一个人漫步在花园里，思绪万千，遂有此作。）

浣溪沙

伴月笛

烟笼黄昏色渐稠，暖风拂柳清波舟。临窗折柳情难掩，尽是忧。
青丝凌乱任飘逸，玉蟾愈斜花愈柔，寒夜孤影凉初透，在心头。

蝶恋花·庚子春雨

伴月笛

晓看庭前微润处，泥香甚酣，芽草饮芳露。芙蓉玉露银丝舞，惊鸿一瞥贵妃妒。

雁声北鸣穿云雾，嘉澍初至，松山葬金乌。靖节濂溪清风骨，莫使杂尘染玉足。

菩萨蛮·相思

伴月笛

粉妆梨韵眉心缀，新镜珍梳金鎏楣。久眺荡波舟，金瓶供折柳。

楼阁月久驻，玉盘尽佳眸。相思何人诉？灯残夜影孤。

蝶恋花·丁酉春分

伴月笛

又走黄河南道路。杨柳春分，已拂堤千缕。燕子疾飞无一语。翅拍春水追春去。

几度留春留不住。可惜刘郎，才气消如许。无限怅怀谁与诉？独行人世挥风雨。

钗头凤

伴月笛

柳婆娑，晚风作，庭前老木花叶落。衣渐宽，念珠残，青山久泣，碎雨携寒。叹！叹！叹！

吟离歌，抚璎珞，苦泪悔叹往事错。相思笺，隔万川，佳人犹在，情义阑珊。惭！惭！惭！

定风波

伴月笛

山色朦胧雨淅淅，路人无神埋头行，近景遥色皆不同，谁喜？凌霄不晓人间趣。

任凭风雨惹花嘻，触情。飞花乱舞蝉声伴，奈何桥过浮生断！忘忧，挥刀斩断今世愁！

满江红·锦绣山河

伴月笛

极目瞭望，山头处，雨势不歇。锁眉眼，思绪杂绕，梧桐摇曳。万里烟云秦到楚，千丈苍穹鹰与鹤。呢喃喃，何时方能休，独勾勒。

红颜梦，勿思解。报国情，常深烈。驰良骏共拓，锦鲤龙跃。汗青常挞炀与纣，丹青难绘雨与雪。登阁楼，望锦绣山河，从中乐。

沁园春·中秋

伴月笛

又逢中秋，暮色骤至，月笼兰州。望皎月当空，苍穹云匿；柔光下射，银树湍流。寒宫玉桂，鹿鸣呦呦，万类蒙纱似娇羞。思故往，携飞仙同游，何等舒畅！

数叹月色舒柔，与无数文豪皆邂逅。临桂殿兰宫，近水阁楼，菊香似酒，醉遣乡愁。时光荏苒，已近深秋，举杯邀月情依旧。月绕楼，闻盛世中秋，少有离愁。

醉落魄·痛川疆之灾

伴月笛

八月九日，岁在丁酉，四川、新疆突发地震，吾心系川疆，哀伤之余，且盼川疆人民安好，遂有此作。

寒雨微月，独照川疆矮废墙。对影成双哀痛殇。泪雨催愁，何人不断肠？

天不怜人人自怜。西望天地虽迷惘，人间正道永不荒。也待他日，爆竹响川疆。

湘江泪·雨中漫步

伴月笛

又是急雨古楼危，燕儿恰北归。坐看湖畔，风欲摧，雨欲摧，晴日总不归。

应是多情自古悲，枯木化烟灰。拊膺坐叹，人也非，事也非，往日不可追！

天净沙·故秋

伴月笛

读郁达夫之《故都的秋》有感，特作两篇。

碧天破壁幽花，秋光树下浓茶，落蕊帚纹柔霞，牵牛花下，疏落秋草为佳！

天净沙·秋

伴月笛

凉雾芦花柳影，破壁秋光槐形，疏草皇城秋景，朝颜婷婷，人之壮心不泯！

凤悲鸣·纪九一八事变

伴月笛

独倚危楼，关外阴云泣不休。万骨忠魂悲不已。士不强，国蒙殇，南满双轨卧虎狼。追往忆古，最是此时羞。

长城依旧，壶口浊浪九曲流。龙吐丹珠日渐升。昨日忧，今忘否？往事钻心几度秋？锦绣中华，无敢诟身后。

青兰书会组诗

汗 望

其一

丁香闲落池，恰遇读书时。

飘泼徐如雨，深谙有所思。

其二

夜幕易迟霏欲雨，且看论道道同夸。

凭君暂忆泼茶话，听雨扪思怎寄涯？

其三

金城新雨时，青兰煮茶间。

老槐瞻书睡，丁香听雨潸。

淅淅长街摇，沥沥远灯闲。

氤氲裹墨香，雁字携书还。

换天晴

汧 望

青山素雪雨空蒙，秋莽川平老马骢。

还有江河瞻月色，且邀杯盏把春风。

春意迟

汧 望

且把东风同煮雪，随零聊赠一枝春。

沥凄街巷徐如急，谁听丁香解素尘？

无题

伴月笛

千里孤魂苦作舟，青丝乱舞影佝偻。

屋漏偏逢连夜雨，薄衾不暖寅夜愁。

与友人同登兴隆

汴 望

山崖常绿水长青，雨亦空蒙雪欲停。

刎颈同登栖云去，且看春茂可披星。

夜雨难眠起作

伴月笛

　　高考前一个月左右，晚上骤下小雨，我辗转反侧，难以入眠。高考的压力和对未来的期望，让我既害怕又兴奋，遂作此诗。

金乌徙天北，陇上复农耕。

煦风抚绿醒，酥雨点红生。

夜来卧风雨，旬月即征程。

蟾宫欲折桂，锦鲤望龙门。

早 行

伴月笛

鸡鸣催早起，惺忪披暖衣。

卷帘向远去，风景倦意靡。

行雾滚山脊，云树冠相依，

不知伊人处，寒意浓与稀。

中秋惜别许老师

伴月笛

甘南苦寒地，行雁尚不留。

劝君切行早，晦暗恐山丘。

蝉噪渐微渺，寒露催思愁。

别时中秋日，再逢又是秋。

蜡泪铺原野，烛火照学楼。

天涯作孤鸿，海角化沙鸥。

玉蟾寄我意，清风吹云瘦。

四海同望月，两地共赏秋。

夏　至

伴月笛

穿越大都穿大荒，归来日暮噪蝉忙。

忽闻昼晷已云极，陇树苍茫依旧凉。

戊戌谷雨

伴月笛

暮春绵雨润幽篁，山间桃李易陈妆。

茅檐湿寒暑意散，霖霏如酥逗芬芳。

蓬莱野老抚琴毕，青烟暮鼓留檀香。

闲看西湖婆娑柳，斜燕斜雨藏斜阳。

谈李中堂

伴月笛

常言总道中兴难，精舳破帆浪涛间。

萤火难祛乌夜色，春风一缕难温寒。

同僚一场何相难？力挽狂澜乏不堪。

天公有情应有馈，扶清除浊兴河山。

冬初婉景

伴月笛

寻乐清晨时，登高不觉惜。

晓雾穿松针，朝阳挂山脊。

暗香传疏影，时有鸟儿嬉。

细观接天路，形影若相离。

秋日提笔

伴月笛

自古秋景多悲意，缘是诗词尽言凄。

风摇南山层林染，时有鸟雀鸣深蹊。

三秋绵雨催菊醒，山花层放似天梯。

莫道西北无靓景，秋日金城七彩衣。

惜别南老

伴月笛

常言英才遭天妒，将星陨落银河孤。

二十二载如一日，科研兴邦天眼出。

梧桐叶落枝尤固，笑我青年志不图。

将军枯冢无人问，戏子家事人人熟。

春日遣怀

伴月笛

寒气勒花愁不开，为抛春闷上层台。

垂杨引缕燕行处，杏靥匀胭人未来。

羌笛绝销千古怨，青鸠迢递几重回。

可怜故垒争雄地，唯见废墙笼浅埃。

第四辑

待到雪花时

致敬，每一位逆行者

兴 风

不过是一群孩子换了一身衣服，承担起了他们本不该承担的重任。

无数为国为民的热血战士在灾难来临面前义无反顾奔赴前线。他们都有着不同的身份，军人、医生、护士或是志愿者，他们也是别人的儿女、父母。他们的笑容比樱花更美丽，比星辰更璀璨。一寸山河一寸忠，一抔热血一英雄。他们不得不离开家人和所爱之人去完成使命。他们的每一次逆行，都是对生命最庄重的道别。

那一夜，没有星辰璀璨，没有灯火辉煌，有的是那一个个为了与病魔誓死抗争奋斗在各个岗位上的战士。汗水浸湿了衣襟，泪水模糊了双眼，但他们依旧坚持守护着一个个鲜活的生命。这是他们对生命最大的尊重。他们和恐惧斗争，和未知斗争，和怀疑斗争，和自我斗争。他们和时间赛跑，争分夺秒，抗击病魔。他们义无反顾。每每看到新闻消息，看着一个个为了救人而奋不顾身的青年逆行者的身影，我心中都感慨万千。

想起某次事故中，一位年近18岁的少年消防员，第一次撤退时只有他一个人成功撤退出来。第二次，他很清楚这一去必定再无生还之机，但他仍然迈出坚定的脚步，再次进入灾区，再也没有出来。还有2019年凉山火灾，30名消防员在救援过程中不幸牺牲。当时我正在念高三，了解到此次火灾的始末，我心里非常难受，觉得上天实在太残忍了。国家培养一个消防员需要耗费很多的心血，然而，一场大火残忍地夺走了这一切，幼子失去了父亲，恋人天各一方，亲人痛断心肠。

今日，我坚信：我们终将赢得这场战争的胜利。在每一个时刻，我们一定会共同坚持战斗。

艾青说：为什么我的眼里常含泪水？因为我对这土地爱得深沉。

如果你要问我为什么会热泪盈眶，那是因为我热爱我的祖国，我深深地爱着这里的每一寸土地。

我很幸运我在中国的土地上茁壮成长。

雄关漫道，迈步重越

伴月笛

如果说生命是一座庄严的城堡，那么，磨难就是阶梯；如果说生命是一棵苍茂的大树，那么苦难就是雄根；如果说生命是一只展翅的鸿鹄，那么苦难就是羽翅。没有磨难，前进的动力便荡然无存；经历磨难，才能拨云见日。

谁无风暴劲雨时，守得云开见月明。

己亥岁末，庚子春初，一场疫情侵袭了中华上下。一个个平凡的人闻风逆行，一批批时代英雄冲锋在前，一项项硬核举措全面推进，同时间赛跑，与病魔较量。全国上下众志成城、守望相助，用信念、情怀、职责和担当，谱写了一曲曲不平凡的生命赞歌。胜利需要脚踏实地的行动，需要"咬定青山不放松"的坚持。想要战胜病魔，就要风雨无阻，戮力奋进，厚积薄发以远行。

上下同欲者胜，风雨同舟者兴。

逆行是一道风景。年已八旬的钟南山院士，踏上了病毒肆虐的战场。在他的眼眸中，我们看到的是必胜的信念。因为有这个必胜的目光，十四亿人有了必胜的信心。在此，我致敬钟老，风华是一指流沙，苍老是一段年华。什么是中华民族脊梁？正是一个个南山，融合成民族骨子里的泰山。

破浪击流会有时，挥毫泼墨候佳音。

一幕幕离愁别绪，一声声别语绵绵，一次次流满面，一个个斗志昂扬，白衣天使正奔赴被病魔折磨的病患。被汗水泡肿的身躯，被口罩勒得发紫的脸颊，诠释着他们对这个国家的热爱。白衣天使，虽然我看不清到你温柔的面孔，却能看见你美丽的眼睛；虽然我看不见你甜美的微笑，却看得见你忙碌的身影。什么是中华民族的血液？正是一个个逆行者，融合成中华民族血液里的长城。

多难殷忧新国运，动心忍性希前哲。

中华民族历史上经历过很多磨难，但从来没有被压垮过，而是愈挫愈勇，不断在磨难中成长、从磨难中奋起。值此危难时刻，中华民族展现了华夏儿女的凝聚力，展现了华夏文明的经久不衰。什么是中华民族的灵魂？正是一个个华夏儿女，融合成中华民族灵魂里的黄河。

我坚信，拥有五千多年灿烂辉煌历史的中华民族，一定会战胜疫魔！

是时，华灯新上，百业兴隆，山河无恙，普天同庆，春色嫣然，你我相安！

湖边折射的大爱

洛 枳

2021 年，我已在大学读书半年之余，学校的任何一角落，都给予我最好的回忆……但是，最近发生的这一事件，喀什大学的微微角落吸引了我的目光……

喀什大学新泉湖，一只白色水鸟呜咽着划过天空，仿佛哀鸣着帕米尔雄鹰的折翅……这是近日喀大最新的新闻，当我看见这则消息时，内心已产生共鸣："孩子，救孩子！"

1 月 6 日，拉齐尼与同伴行走在通往食堂的路上，突然，拉齐尼听见不远处的新泉湖发出母亲的哭声、求救声，他以最快的速度奔至案发现场，奋不顾身跳入冰窟，用一只手臂搂住孩子，用另一只手将孩子努力托举起来。随之而行的同学下意识地用自己的围巾和衣服尽力将他们拉住，努力拖延时间，等待专业人员的救援。不久，救援人员到了，大家齐心协力将孩子母亲和孩子救出。但是现实让人难以预料，又有一块冰块发生破裂，拉齐尼坠入湖里，由于长时间在水里浸泡，他的身躯、头部已趋向僵硬，没有足够的体力再支撑，导致他缓慢沉入湖底，不幸离世。事发之后，记者对这一事件进行了报道，并对拉齐尼学习和生活之地展开调查，了解到拉齐尼的家境以及他的事迹。通过阅读，我顿时明白为什么拉齐尼被称为"帕米尔雄鹰"了。这大概是他一生最贴切的形容了。相对他来讲，应该算是光荣地完成自己当初获得的劳动模范标兵荣誉称号……

　　鹅毛般的雪花纷纷在空中起舞，那时的场景宛如谢道韫笔下的"未若柳絮因风起"。然而，就在这样的瞬间，一个少年向世人传递了一份爱的温暖——在寒风凛冽的冬日，拉齐尼用自己的绵薄之力燃烧出他人生存的火苗……

沁园春·人间有爱

伴月笛

三伏未至,疫情突袭,怖笼东乡。望大夏河滨,锁南告切,洮河之畔,达板报殃。昔日繁城,人静车寂,东乡儿女皆惊徨。心常喃,何时方能休,吾民无恙?

赞我东乡儿郎,皆夜半防疫祈安康。望人潮攒动,点点灯光,白衣战士,夙夜护航。耕户樵夫,弃置农桑,众遏行云齐预防。战疫魔,看东乡儿女,豪情万疆。

万物更新

兴　风

一起怀揣希望，拥抱暖意，不负春光，不负梦想。愿春回大地时，万物更新，硝烟皆逝。

偶尔读到个别令人反思的新闻消息的时候，我的心中充满了愤恨与不平。在我看来，人生而平等，富裕和清贫并不能判定一个人高贵与卑贱。

在特殊时期，每当事情发生后，人们往往会有强烈的反应，有些人让恐惧变成了偏见，不由得产生了过激的行为。比如个别人对他人恶语相向，甚至借着保护大家的名号不分青红皂白地驱赶他人，产生恶劣的社会影响。

灾难面前，我们应该团结、信任、关爱彼此，而不是猜疑、排斥彼此。病毒带来的恐惧固然可怕，但是人性中自私、冷漠、偏见熬煎的负面情绪，更应该引起大家的重视。是的，作为个人，我们面对病毒有焦虑、迷茫甚至不满，但是我们的国家一次又一次地用大爱化解我们心中的疑惑，一次又一次在危难面前对我们的生命作出郑重承诺，一次又一次用实际行动为我们的健康护航。

如此，我们还担心什么？如此，我们还有什么理由不爱自己的兄弟姐妹？即便是他们曾经因无知而犯下错误，因恐惧而举措失度。

212

"每个人都不容易"，所幸，"经过艰苦卓绝的努力，我们战胜了前所未有的困难和挑战"。

习近平总书记说，"青年兴则国家兴，中国发展要靠广大青年挺膺担当。年轻充满朝气，青春孕育希望。广大青年要厚植家国情怀、涵养进取品格，以奋斗姿态激扬青春，不负时代，不负华年"。

万物更新，我衷心祈愿，每一个人能怀着对未来的美好向往，迎接清晨第一缕阳光。

江城子·丹心亮

汴 望

未辞己亥夜先长，疾欲狂，人已惶。烛火无光，阡陌竟凄惘。寒意入春春意寒，病难量，疫难防。

还望神州素衣郎，揖故乡，泪夺眶。直指荆楚，缄默赴铿锵。众志成城丹心亮，月如霜，奔前方。

满江红·民安乐

伴月笛

九省通衢，三镇地，百湖之城。江夏口，病情侵虐，危急险切。万里悲情传四海，亿万同胞援汉鄂。心常喃，何时驱灭疫，民安乐？

泰山脊，黄河血，华夏人，何惧厄！乘黄龙金凤，豪情纵月，万众一心扬帆舸，众志成城行云遏。待新柳，望壮丽山河，八方贺。

第五辑

启灵引深思

哲学，被遗忘的精神家园

佚　名

马克思说："当年泰勒斯走路时观星象掉进坑里，被路过的农民嘲笑'走路都走不好，还学哲学'。"恩格斯说："学哲学的人可能会掉进坑里，但不学哲学的人本身就在坑里，不知道在坑里，也不知道爬起来。我们不能让工人阶级永远待在坑里。"那么哲学是什么？为什么说"不学哲学的人本身就在坑里"？

一、什么是哲学

解释一样事物，首先就要对其有明确的定义。说起哲学的定义，我们第一时间就会想到高中课本中讲"哲学就是世界观、价值观和人生观的统一"。这是马克思、恩格斯对哲学概念的高度凝练，但是这样的阐发普通人能理解吗？恐怕有点难。

如果我们纵览哲学千年的发展历史，无数哲学家对哲学有过自己的阐发，各家争论千年，最终也没得出个定论来，而且越到后面，关于哲学的定义越纷杂，这无疑为哲学本就神秘的面纱增添一层迷雾。中世纪有位叫奥卡姆的哲学家点明了一个哲学原则："如无必要，勿增实体。"这一"奥卡姆剃刀"以思维经济理论告诉我们不要用更多的概念去解释一个概念，一个理论必须要清楚、明白且无可争议。

但正如旅游学一样，给哲学下一个准确无误的定义，回答"什么是哲学"的问题是如此困难，连黑格尔都认为这就是哲学的"显著特点"。既然这样，那么我们索性撇开后世为哲学加入的概念，回归哲学本身。

哲学首先是以一种智慧出现的。哲学（philosophia）首次在毕达哥拉斯的著作中被诠释为"Philo"+"Sophia"，即"爱智慧"的意思。在古希腊，哲学就是一门追求智慧的学问。当我们仰望星空，追问天空的尽头是什么；当我们生活在这个世界，追问人生的意义是什么；当我们看到纷繁复杂的自然界，用感官去探索自然的时候，其实我们就是在追求智慧了。

柏拉图说："智慧这个词太大了，它只适用于神，而不适用于人。人只能爱智慧。"我们虽然追溯到了哲学概念的源头，但正如后世的哲学家一样，我们恐怕也不会对这个定义十分满意。它好像说明了哲学的本质，又好像什么都没说。细想之下，又有什么概念能完美诠释"哲学"呢？之后的哲学家回答"哲学是什么"的时候面临的正是如此难题。既然无法从正面的角度诠释哲学的含义，那我们就从反面来尽量充实哲学的内涵吧。

一般而言，谈到哲学，不可避免地要提及"科学"和"宗教"，它们之间相互区分又相互联系。世间留存有许多偏见，很多人认为哲学就是一门科学，或者哲学就像宗教信仰那般，信则有，不信则无。哲学随着学科制度化的完善，走向了专业化和更高的技术含量，却无法被大众阅读和思想。若是能了解哲学诞生的过程，才会对哲学少一丝误解。

二、哲学与宗教

哲学的诞生背后站着的是神学，而神学一定脱胎于丰富的神话体系。在中国，有"盘古开天""女娲造人"等神话传说；在欧洲，希腊神话、罗马神话、北欧神话群星璀璨；在古印度，也有"吠舍"神话、印度教神话、原始神话和佛教神话四大神话体系。这些民族的神话随着历史的发展都产生了各自辉煌的哲学和宗教，以抽象思辨为核心的西方哲学，穷极人生经验的中国哲学和以吠陀经典为基础的印度哲学。因为历史的原因，哲学和宗教有时产生了奇妙的结合。在西方，中世纪哲学将对自然的研究转向了对神圣天国的研究；在中国，一些信徒借助哲学概念构筑了完备的宗教体系；在印度，哲学的思潮最终被宗教发扬到极致。

在古代希腊，原始部民与世界其他民族一样，都对自然事物有特殊的崇拜，由此产生了自己的原始宗教，但希腊人别具一格地在原始宗教之中创造了恢宏大气的希腊神话谱系。希腊神话主神中也多是以自然神为主，宙斯掌管雷电，太阳神阿波罗令日升日落，海神波塞冬统御辽阔无垠的海洋，火神赫准斯托斯司万火，四季女神得墨忒尔……同时希腊也是多神信仰的民族，希腊神话在一定程度上是现实生活的反映，希腊诸神并不在人无法触及的"彼岸"，而是在"此岸"深刻影响着人们的生活。人们通过对神话的文学创作映射现实，神话的现实性亦带来了神话自我毁灭的因素。

我们在希腊诸神中看到神身上人的因素，同时也是希腊诸神不完美的表现。一般而言，神在我们脑海中的印象应当全知全能的，希腊的神却不是，他们有各自的性格缺点，或者说神格上的缺点。更为重要的是，他们有很多无力解决的事情，相较之下，"命运"仿佛才是形而上的真神，连神也要被囊括在命运之内。古希腊的悲剧《俄狄浦斯王》里，无论俄狄浦斯如何逃避，最终都不可避免地走上弑父娶母的道路。同样，希腊神族之间的自我否定不可避免，希腊诸神的欲望造成了战争不断，生灵涂炭。三女神为争夺金苹果和美貌的归属酿就了特洛伊战争；诸多祭祀主神的节日时，人们会因没有及时献上贡品而受到神的惩罚。

哲学随着生产力逐渐发展而诞生后，哲学家开始反思多神教的悲剧，试图寻找唯一的、完美无缺的"真神"，同时也希望给"命运"一个合理的解释。之后你就了解为什么希腊哲学家都围绕一个概念解构世界，到了柏拉图、亚里士多德则达到了希腊民族智慧的顶峰。柏拉图关于两个世界的划分奠定了哲学千年的难解命题。亚里士多德关注自然科学，完善了三段式论证的逻辑环节。

在罗马时代，由于罗马人开疆拓土把许多民族都集合在一起，对于一个横跨欧亚非三洲的强大国家来说，多神教的信仰并不能继续起到维护其统治的需要。其时，自由民和奴隶阶级仍未被打破，这种区别不仅体现在罗马本国居民之中，还体现在新征服地区民众与罗马原居民之间。罗马不断地扩张，社会千疮百孔，基督就应运而生。基督教通过对犹太教的改造，并借以希腊哲学的逻辑性完成了自己的宗教理论建构。

虽然哲学与宗教的关系极其紧密，但哲学终究不是宗教，中世纪一位神学家说："正因为荒谬，所以我才信仰。""哲学是一种信仰吗？""哲学能用信仰来衡量吗？"宗教以信仰为其立业之基，无论怎样，对于教徒，信奉自己的教义是第一使命。但哲学作为追求智慧的学科，怎么会将信仰作为哲学的根基呢？毋宁说哲学是以理性为根基的，对世界本原的论证、对人生价值的探索都要经过"理性的环节"——逻辑的证明。

其次，宗教的内核是"未知死，焉知生"。宗教总会给你安排好彼岸的生活，可能走向天堂，可能步入地狱。如果你接受了这种世界观，那么你的现世一定会为了彼岸的生活而努力。人因此生的不幸而向往来世，人因对死亡的恐惧而信仰上帝，但为来世而去生活就是一场最大的豪赌。从这个意义上，哲学可以说是"未知生，焉知死"，哲学不会给你一个彼岸世界的美好画面，他只会鼓励你选择自己的道路活出此世的绚烂和饱满。

基督教一统欧洲之后，中世纪神学家希望用希腊哲学的理性来证明上帝存在，却造成了极其严重的后果。用人类有限的智慧去追求无限的存在，本就是不可能的。因此，无论神学家如何努力，最后都只得到了两个结果：要么是证明了上帝不存在；要么证明人类的理性根本就是荒谬的。

三、哲学和科学

宗教所不能解决的，将在科学那里得到一定的回答。科学自诞生之日起以描述世界为目的，哲学则解释世界的意义。二者的研究方法却是大相径庭。科学对世界的探索，首先是从人所能直观感触到的具体事物出发，以归纳的方法总结出规律，再一步一步地上升到对世界本原问题的回答。而哲学则恰好相反，哲学家总要事先为世界确立一个最高的原则，一个在它的理论中无可争议的原则，再由此通过逻辑推理一步步推演出整个世界。这个原则可以是古希腊时期的"水""火"，可以是中世纪神学家信奉的"上帝"，也可以是黑格尔笔下的"绝对精神"。总之，哲学需要一个绝对的原则才能使得其理论围绕该原则在逻辑上自洽。

古希腊时期，人的生产力非常低下，由于自然科学的方兴未艾，对未知自然界的恐惧使得人们以鬼神传说加以解释，并借此来减少心中的恐惧心理，但人们又不能没有对世界的整体把握，而本应由自然科学完成的任务只能由哲学暂代。因此你可以看到哲学初始的基本问题是世界的本原问题，从泰勒斯到亚里士多德再到晚期希腊哲学乃至中世纪哲学，哲学家探索和争论的核心无一不是如此。

但随着社会生产力的发展，自然科学也逐步发展，你会发现自然科学的研究领域逐渐地和哲学的研究领域分化，自然哲学逐渐没落，越来越多的哲学家研究哲学的同时也研究其他具体科学，柏拉图的柏拉图学院号称"不懂数学者勿入此门"；亚里士多德被称为"百科全书式的学者"，他同时涉猎物理和数学等多门学科；毕达哥拉斯以"数"确立世界的本原。

科学得以细分，各类学科在对某一现象采取独特。

角度进行分析的时候，科学的发展是空前的，而哲学在对科学快速发展的成果进行新的概括和诠释时，也使其自身得到了与之相匹配的进步。到了近代，这种趋势就更明显了，不仅是自然科学与哲学的划分，在自然科学内部也逐渐细分为各种学科。天文、化学、生物纷纷离开哲学的研究领域，并迎来自己的革命，哥白尼天文学革命、拉瓦锡化学革命、达尔文生物革命。这些革命给予上帝创世说以有力的回击，也使得哲学从神学的枷锁中挣脱出来。

哲学因科学而兴，又因科学而衰。在康德以前，哲学都是有产阶级消遣的工具，哲学家自身也并不依靠哲学获取利禄，他们自身要么是有产阶级，要么是与有产阶级有着紧密的联系。在康德的年代，资本主义已经吹响迈向时代潮流的号角，科技的千年积淀在资本主义制度的帮助下迎来巨大飞跃。科学离开了哲学的怀抱，哲学进入了大学的讲堂，走向学科并制度化，成为众多学科之一。哲学的技术含量和复杂成分越来越高，但是哲学对社会的影响越来越小。

现代科学的一路高歌猛进使得哲学处于十分尴尬的地步：哲学的研究领域越来越小，科学主义充斥着一切；随着心理学进入了人类神秘性的最后一个阵地——精神，"哲学无用论"甚嚣尘上。曾经，哲学为宗教服务，"哲学是神学的婢女"；现在，哲学只能跟在科学后面亦步亦趋，哲学又成为科学的奴仆。

四、哲学的困境

哲学的困境如此，甚至对自身都给不出明确的定义、切实的使命，那么哲学对我们来说又有什么用呢？若是追求理性，自有科学作为依托；若是追求信仰，自有宗教的园地，哪怕是生与死的问题，仿佛都在科学中得到了较为稳妥的安置。但科学终究是研究物的、研究物对于人的意义的，宗教亦是为神寻找合理化的根据，二者的侧重点都不在人本身。同样，千年来的哲学家试图以有限的生命追寻无限的事物，也犯下了这种错误。这种尝试在科学发展一定程度的时候、在他们彼此间的争论中便自然而然地宣告破产了。

正如马克思所说："这种哲学应当死亡，这种将人类的智慧浪费在对无限事物的追寻中的哲学应当死亡。"将智慧用作解释世界的哲学死亡了，但哲学家们努力开创的道路永远留存。我们阅读人类的历史，总是从物质的角度去观察，而掩藏在物质之下，还有一群人在进行着自己的冒险，他们努力地探索人类思维的终点。那是人类精神的史诗，"这是人类精神的《伊利亚特》，也是人类精神的《奥德赛》"。

我们可以尽情地嘲笑哲学家理论的缺陷，但绝不能否认他们的智慧和探索智慧通途的决心。他们的努力并不是毫无意义的，至少在千年时间的浸润下，人们已经逐渐接受了他们的思维方式。这或许是哲学的遗憾，也是哲学家的遗憾，自己的功绩唯有在死后的漫长岁月里才能被接受。

当普通人思考生死、考虑人生的意义的时候，就已经开始哲学创造了。似乎哲学门槛之低，低到了每个人都能谈论和触及。在这个意义上，葛兰西认为"每个人都是哲学家"，但同时葛兰西也说"并不是每个人都能从概念高度把握住现实生活的"。虽然人们都在思考生死问题，但哲学家总是从一个更高的高度给生死问题提供全面的思考。普通人对人生问题的思考，颇具"极其灵活的思考边界"，但哲学家会将一种思路推到极致。

我们开头说过哲学的原则之一是让自己的理论显得清楚、明白、无可争议，逻辑性和条理性必须得到保证。哲学的高度抽象性正是如此。哲学和哲学家的野心太大，想将整个世界包裹进去，多样纷呈的世界展开来的复杂材料，哲学家要怎样才能将之囊括？唯有概括和抽象。这是哲学思维的显著特点。

我们戏称"科学的背后站着哲学"，不是我们指望能通过哲学解决问题，千年来哲学的尝试就是哲学没有正确地解决过任何问题。哲学不能为我们回答问题，但哲学能让我们从一个新的思想高度发现问题，拥有面对问题的勇气。试图将哲学变为科学的哲学消亡了，随着科学将哲学剔除出自然和历史领域，新的哲学在人身上找到了新的支撑。

五、作为精神家园的哲学

虽然非常不容易，但是哲学终究还是在科学与宗教的夹缝中寻到了一片天地，除了哲学史自身的研究以外，那就是对世界意义、人生意义的探索。人为什么要考虑生命的意义且考虑死亡？尼采说："人生之所以需要有意义，源于人类绝对价值的丧失。" 在科学对宗教取得胜利的今天，人生活的每一天都是向死而生，上帝的客观存在早在近代就逐渐向主观存在转变。人的理性无法证明上帝存在，在这个意义上，上帝已死。没有了来世的牵挂，现世的靶点要从哪里找寻？

王德峰说："哲学这门学问不是谋生的本领，哲学始终和社会利益体系保持着足够的距离。在资本伦理当中我们的一生是没有意义的，本质上是虚无主义的——人生的'成功'就是资本增值的速度，或者在资本舞台上的位置。但是，当其他东西不能成为我们热爱生命的根据，人生的意义和内容就单一化了。"

有人质疑，人生本没有意义，人生的意义都是人自身去赋予的。人为意义而活，难道不正如相信来世一样是场巨大的豪赌？这种质疑使得人类又走向一种困境，人们自己所依存的如水中浮萍，是不稳定的。但同时，人能自发地赋予自己意义，从另一个角度说，每个人是自由的。然而实现自由的代价很高昂，高昂到人生命所不能承受之重。如果人生的意义是客观存在的，人可以找到这种客观的意义并依据它去生活。

人虽然失去了自做主宰的能力，却使得生活简单了。

　　人总有一种思维惰性，认为一些事物的发生是必然的。突破这种思维惰性的关键在哲学吗？不，哲学只是提供通往智慧通途的钥匙，如何利用这把钥匙，是弃之如敝屣，抑或是得之如甘饴，关键在自身。你可能听到一个有趣的哲学故事，想要去了解更多，了解哲学的来龙去脉。哲学的充分展开形式表现为哲学史，当你阅尽千册，与历史上的哲学家们展开跨时空的交流、对话，你能看到历代先哲耗费一生找到的各种人生道路、智慧通途，是选择其中一条继续走下去，还是开创属于你自己的未来。人生虽然有限，却是开放式的。

　　接下来，就是你的故事了。

老子的人生态度

墨 尺

提起老子，几乎人人都能背《道德经》中的那么一两句，例如，"道可道，非常道；名可名，非常名……""道生一，一生二，二生三，三生万物……""上善若水，水善利万物不争，处众人之所恶，故几于道"等流传千古的名句。但是，民间对老子普遍存在着一种误解，认为老子是一个消极的人，误以为老子的清静无为是逃避现实，太过消极。真的是这样吗？是！也不全是！道家确实讲究清静无为，但古人思考问题的方式与我们现代人是有出入的，难免存在错误解读。

首先要澄清的一个点就是，老子的"无为"思想并非消极的人生态度，"无为"也不是不作为、什么都不做的意思。《老子》第四十八章曰："为学日益，为道日损，损之又损，以至于无为。无为而无不为，取天下常以无事，及其有事，不足以取天下。"什么是"无为"？用我们现在的话讲，那就是不乱为、不妄为，而且要发挥我们的主观能动性，本着不胡乱作为、不恶性竞争、不放肆而为的原则，去做自己应该做的事情。以"无为"的境界，去做到"无不为"的结果，这便是道家人常挂在嘴边的"无为而无不为"。想想老子也是冤枉，活了一辈子也就留下了那么五千多字的《道德经》，还被人曲解了。所以说，在当今这个信息繁杂的时代，想知道点真的东西还蛮不容易的。因此我们要学会辨别信息，不要跟个"垃圾桶"一样，什么东西都往自己脑子里装。

前段时间美国前总统特朗普老是做一些与自己身份不太相符的事情，比如他就因为很喜欢发推特，被人们戏称"推特治国第一人"。其实早在中国古代，就有人实现了"推特治国"，即史书上赫赫有名的汉文帝。他在位期间基本上没出过皇宫，凡是哪里出现了战乱、哪里出现了纷争，他从来不妄为、不乱为，而是听取大臣们的意见后，写上那么几封信，派人送过去，往往起冲突的人一看完信，这个事情就解决了。以书信的方式解决了国家的大事，不战而屈人之兵，这十分了不起！其实，汉文帝的"信封治国"十分我们值得学习，即无论是在学习还是在生活，我们都要克制住自己的冲动，不要脑袋一拍就做出决策了，而是要发挥自己的主观能动性，不乱为、不妄为、义所当为。

其次，我想给大家一个提示，一个来自两千多年前《老子》（《道德经》）的提示。研究道家的学者常警醒世人："活得像个死人一样，失去了人之所以为人的东西，脑子里全是功名利禄！"我想我们首先要成为一个人，才能是一个职业人；而不是要成为职业人，失去了人本身的珍贵。正所谓，"君子不器"，便是这个道理。虽然当今是个人工智能高速发展的时代，机器活得越来越像人，但是为什么我们人活得越来越像机器了呢？我们要活出人味儿来！不要整天为活着而活着。这个算计那个也在算计，大家都在相互算计，你算计我，我算计你，所以《老子》十九章里讲"绝圣弃智，民利百倍；绝仁弃义，民复孝慈；绝巧弃利，盗贼无有。此三者以为文不足，故令有所属"，不是没有原因的。其实《老子》五千言，简单来说，就是想告诉我们，要活得简单一点，让我们永葆童心，做一个简单幸福的人。

孔子的学习精神

墨 尺

"子曰："学而时习之，不亦说乎？有朋自远方来，不亦乐乎？人不知而不愠，不亦君子乎？""

本句之中，"说"字通悦，发音也同悦，"愠"对初学者来说算作生僻字，是生气的意思。在春秋时代，"时"往往是指恰当的时间或一定的时候，随着语言变迁，时的意思更接近时常；"习"同样如此，今多有学习温习之意，但在古代，更重实习、实行；而"学"字，不仅仅是指学习，也可指完成学习……直译过来，这句话的大概意思就是，"学习并在适当的时候实行，不也是很高兴吗？有朋友从远方来，不也很快乐吗？别人不了解我，我却不怨恨，不也是君子的行为吗？"

"学而时习之，不亦乐乎？""习"，不仅有温习复习之意，还有实习实行之意，如君子六艺有礼、乐、射、御、书和数。学习了射箭的技巧，自然要去反复实践实习，仅仅温习书本上的知识，算不得'习'。学习然后实习，就会感到高兴吗？继续以射箭为例，老师教，我们学，随后我们自己拿弓箭"练习"，也算习，但仅仅这样便会感到高兴吗？我想大多数人无法从中获得快乐的。所以这句话的意译便是：学习进而有所得，最后能让自己在恰当的时间一展所学，这不就是令人高兴的事吗？

"有朋自远方来，不亦乐乎？"同理，如果仅仅是朋友远道而来，孔子为何要特别说出来？为何要和前一句相连？很显然，这里的"不亦乐乎"中的"乐"，不是寻常的高兴。所以，这句话应该是说，有志同道合的朋友从远方来，一起交流，一起学习，在增进友谊之余，一起提高，同样有所收获。若是与上一句形成语意的递进，那意译便另有新解：学有所成后，就算没能一展所学，有志同道合的人远道而来交流，发现吾道不孤，而且这位同道好友可能有机会代替自己去实现相同的抱负和所学，也算是弥补心中遗憾，不也是很快乐的事吗？

那么，最后一句"人不知而不愠，不亦君子乎"，便可以水到渠成意译为：因为没有真正施展所学，不被他人知晓和理解，即便是这样，我们的所学所得让我们不去生气，这便是良好的品德和修养，不就是达到君子的境界了吗？

所以，孔子是在说，只要认真学习，或者有机会一展抱负，或者有志同道合的人去做这件事，或者让自己的修养得到提高，无论怎样都会有好处，没有坏处。如此三句一气呵成，而不是支离破碎。阳明先生言"知者行之始，行者知之成"，亦是此理！

柏拉图来访先秦

墨 尺

我曾经做过一个梦。

在梦里，我看到古希腊哲学家柏拉图来访先秦时期的中国，并与诸子百家谈论人生理想的震撼场景。这个梦大概是这样的⋯⋯

柏拉图：在俺们希腊，智者认为人生的意义在于追求幸福，而幸福的定义，简单来说，就是人们在各个方面取得成功。我想请教各位老师，人生的意义是什么？

孔夫子笑而不语，慈祥地望着柏拉图，过了一会儿，道：汝以为当何如？

柏拉图：我认为人生的意义在于人们完成各自的工作，做自己该做的事情，得到自己该得到的。

子路听完柏拉图的发言，莫名大笑。笑过之后，他向各位夫子拱手行礼道：柏拉图提出的观点好生有趣，好像没什么不对，弟子愚钝，请各位夫子解惑？

坐在青牛背上的老子，不紧不慢地说：天地不仁，以万物为刍狗；圣人不仁，以百姓为刍狗。小邦寡民，使民有什佰之器不用，使民重死而不远徙。虽有舟舆，无所承之；虽有甲兵，无所陈之。甘其食，美其服，安其居，乐其俗。邻邦相望，鸡犬之声相闻，民至老死不相往来。

庄子貌似刚刚从石头上起身醒来，望着远处的天空，道：齐万物，一死生。天下莫大于秋毫之末，而泰山为小；莫寿于殇子，而彭祖为夭。吾生也有涯，而知也无涯，以有涯随无涯，殆已！

孟子朝孔子行礼转身正气道：尽其心者，知其性也。知其性，则知天矣。存其心，养其性，所以事天也。夭寿不二，修身以俟之，所以立命也！

孔子望着山冈上的夕阳，坚定有力地说道：学而时习之，不亦说乎？有朋自远方来，不亦乐乎？人不知而不愠，不亦君子乎？朝闻道，夕死可矣！

柏拉图听完，沉思许久不见与人言，双眼里不再是迷茫混沌，而是变得干净清明，似夜星之明眸。

夜幕降临，诸子渐渐离去……

《论语》三步学习法

墨 尺

《论语》作为儒家的经典著作，代表了孔子的主要思想，其中包含：仁、义、礼、智、信、恕、忠、孝、悌等。可是，随着对《论语》思想内涵的理解，我发现，其实《论语》对于我来说，最精华的部分，不是仁义礼智信等，而是《论语》里的学习之道。孔子被誉为"万世师表"，这么优秀的老师，难道没有他独特的学习方法吗？答案是毋庸置疑的。简单来分析一下，我们平时理解的学习分两个层次：首先是学的部分，要做到基本知识点的掌握；其次是习，习可以理解为复习或者实践，学到的东西掌握了再好好复习巩固，最后在实践中运用。

《论语》中的三步学习法，来源于《论语·述而篇》，子曰："默而识之，学而不厌，诲人不倦，何有于我哉？"默而识之、学而不厌、诲人不倦便是三步学习法。说白了，也就是说学习、复习、讲授这三个步骤。开展学习、复习与讲授三步法，而让学生讲授虽然最耗费时间，实行起来也有困难，但能让其获得巨大的进步，可以在重点知识方面。

默而识之，是第一步，就是最基本的阅读和记忆，即便是死记硬背也无所谓。

学而不厌，是第二步，表面意思是学习而不厌烦，但意译则应该是学习不能有局限性，必须要有广度，同时在擅长领域有深度，反复

233

学习。

　　诲人不倦，是第三步，诲人不倦的重点不是教导人，而是后面的"不倦"，是要不疲倦和不藏私地教导他人或分享知识，只有这样做，才能让自己对知识学问掌握得更加牢固。

　　比如读书分享会就是"诲人不倦"很好的平台，书友们讨论交流分享知识，学习效率效果是很高的！为啥？听讲和初步学习只能获得少量的知识，不过十之一二，并不牢固，因为大部分所学会遗忘消失。只有经过复习之后，才能牢固获得一定量的知识，也不过十之二三。可若是用教导或交流的方式，把所学和所复习的知识说出来，那么获得的知识不仅多，而且非常牢固。

　　作为一名学生，我们都必须要认清一件事，学习的目的不是通过考试，而是丰富知识，是获取能力，是用于生存。"默而识之，学而不厌，诲人不倦"，教导我们要脚踏实地学习，这样才能拥有更多的选择。

孟子的人生哲学

墨 尺

一、性善

"孟子曰:'予岂好辩哉?予不得已也!天下之生久矣,一治一乱。'"(《孟子·滕文公下》)战国时期,从今人角度看,那是百家争鸣、思想繁荣的盛世,但对于当时的哲学家来说,可能是思想纷杂的"乱世"。生存在战国时期的孟子,他的一生都在战斗。他以推行仁政为一生之责,在不断地辩论中,在不断地斗争中践行自己之信守的仁政。或许在我们眼中,孟子是个雄辩家,但是孟子本人很无奈。根据《史记·孟子荀卿列传》记载:"当是之时,秦用商君,富国强兵;楚、魏用吴起,战胜弱敌;齐威王、宣王用孙子、田忌之徒,而诸侯东面朝齐。天下方务于合纵连衡,以攻伐为贤,而孟轲乃述唐、虞、三代之德,是以所如者不合。"由此可见,当时法家、兵家、纵横家纷纷崛起,而孟子几乎没有受到统治者重视。当时孟子面临着多么艰难的局面,虽然他本不擅长辩论,但为了推行仁政,他一生都在战斗,与各种"诐淫邪遁"之辞作斗争。

"何谓知言?"曰:"诐辞知其所蔽,淫辞知其所陷,邪辞知其所离,遁辞知其所穷——生于其心,害于其政;发于其政,害于其事。圣人复起,必从吾言矣。"(《孟子·公孙丑上》)上文讲到孟子的一生都在战斗，那么他是在与什么东西辩论呢？孟子把错误的思想言论分为四种，即孟子的"四辞之说"，诐、淫、邪、遁，是错误言论发展的四个阶段，但它们并不是无关联的类别。首先，诐辞，意思是指偏邪不正的言辞，可以说它是一切片面的言辞的开始。其次，淫辞，指邪僻荒诞的言论、放荡浮夸的言辞。再者，邪辞，指不合正道的言论。最后，遁辞，指理屈词穷或不愿吐露真意时，用来支吾搪塞的话。遁辞和邪辞通常被认为是错误言辞发展的最高阶段。由此我们可以看出，正确的言论思想其实就一个诚字，诚然后可以一言以贯之。

"耳目之官不思，而蔽于物。物交物，则引之而已矣。心之官则思，思则得之，不思则不得也。此天之所以与我者。先立乎其大者，则其小者不能夺也。"（《孟子·告子上》）知道了错误的言辞，那么我们如何掌握正确的知？我们能否通过感官经验达到正确无疑的知？孟子给出了答案，第一，耳目之官不思。耳目是不可靠的，当我们去追求普遍的、必然的、确定的、绝对的真知，感官反而容易被蒙蔽；第二，物交物，则引之而已矣，反映了感官的被动接受性；第三，心之官则思，思则得之，不思则不得也，思与所思对象是有必然联系的。所以说，感官所获得的知识经验，对认识世界和人生是有限的。

前面提到"耳目之官不思，思则得之，不思则不得也"，我们要把握住思的主动性和超越性，然后可以尽心知性，"尽其心者，知其性也。知其性，则知天矣。存其心，养其性，所以事天也。夭寿不二，修身以俟之，所以立命也。"

第一，尽其心就是知其性，这是一个过程。尽心知性就是发挥出人的功能和作用，就是人的本质倾向的过程。

第二，知其性，则知天矣。要知道，人的倾向，不是你想有就有，想没有就没有，而是不得不。所以说，人之所以为人，就是要在有限的基础上向无限去展开的，尽其心者，知其性也。

前面我们提到，耳目之官不思，感官经验的积累是对世界、人生的整体思考是没有帮助的，所以说孟子的"性善论"并非根据经验观察而得来。孟子的性善论，说的不是人生来就是善的，而是人的本质倾向是善的。其实，人生来就是有向善倾向的，它是一个动态的过程。善端的动态倾向，让我们不断向善指明方向。告子曰："性犹湍水也，决诸东方则东流，决诸西方则西流。人性之无分于善不善也，犹水之无分于东西也。"孟子曰："水信无分于东西，无分于上下乎？人性之善也，犹水之就下也。人无有不善，水无有不下。今夫水，搏而跃之，可使过颡；激而行之，可使在山。是岂水之性哉？其势则然也。人之可使为不善，其性亦犹是也。"（《孟子·告子上》）人无有不善，水无有不下。人没有不向善的，水没有不向下的。俗话说，言性善必言四心，孟子的性善论有四种善，即恻隐之心、辞让之心、羞恶之心、是非之心。恻隐之心，即同情心，恻和隐都是痛的意思。辞让之心，（推）辞自己不应得的，让自己应得的。羞恶之心和是非之心，顾名思义，即羞恶心和是非心。孟子曰："人皆有不忍人之心。先王有不忍人之心，斯有不忍人之政矣。以不忍人之心，行不忍人之政，治天下可运之掌上。所以谓人皆有不忍人之心者，今人乍见孺子将入于井，皆有怵惕恻隐之心；非所以内交于孺子之父母也，非所以要誉于乡党朋友也，非恶其声而然也。由是观之，无恻隐之心，非人也；无羞恶之心，非人也；无辞让之心，非人也；无是非之心，非人也。恻隐之心，仁之端也；

羞恶之心，义之端也；辞让之心，礼之端也；是非之心，智之端也。人之有是四端也，犹其有四体也。有是四端而自谓不能者，自贼者也；谓其君不能者，贼其君者也。凡有四端于我者，知皆扩而充之矣，若火之始然，泉之始达。苟能充之，足以保四海；苟不充之，不足以事父母。"（《孟子·公孙丑上》）

二、仁义

孟子曰："仁也者，人也。合而言之，道也。"（《孟子·尽心下》）仁最简明的理解，就是人不得不有的主动性。而主动性第一点是清醒，第二点是主动心灵之自主是自由的。还有一层含义，即人有生机义、生义，其实本质上就是生命力。所以说，仁就是指人心灵主动性的充分实现。

孟子见梁惠王。王曰："叟！不远千里而来，亦将有以利吾国乎？"孟子对曰："王何必曰利？亦有仁义而已矣。王曰：'何以利吾国？'大夫曰：'何以利吾家？'士庶人曰：'何以利吾身？'上下交征利而国危矣。万乘之国，弑其君者，必千乘之家；千乘之国，弑其君者，必百乘之家。万取千焉，千取百焉，不为不多矣。苟为后义而先利，不夺不餍。未有仁而遗其亲者也，未有义而后其君者也。王亦曰仁义而已矣，何必曰利？"（《孟子·梁惠王上》）这章的言说逻辑就是总—分—总。第一，提出义利之辩："王何必曰利？亦有仁义而已矣。"第二，从反面讲先利后利的后果——政治的倾轧与覆灭，从正面表明仁义为先的好处。第三，重言呼应总结（王亦曰仁义而已矣，何必曰利），表明孟子"义利之辩"指向的不是义利之间的对立，而是义利的先后问题。这里的先后不是时间序列上的先后，而是价值次序上的本末，即义利作为政治共同体的建立，治理的原则成为根本的问题。我们从文本来看，首先，"王何必曰利？亦有仁义而已矣。王曰：'何以利吾国？'大夫曰：'何以利吾家？'士庶人曰：'何以利吾身？'"国—家—身。国家层面的义利与个体层面的义利关联。其次，"上下交征利而国危矣……千取百焉，不为不多矣"回答了"求利之害"，实际表明一个稳定的政治共同体的实现无法以利为根本原则，甚至任何共同体都不能以利作为其建立的尺度。最后，"苟为后义而先利……未有义而后其君者也"，回答"仁义未尝不利"，表明仁义作为根本原则的优势。

故而我们要把自己的主动性放在自己所能掌握的地方，别人对我们的看法，这种偶然性我们掌握不了。

三、儒道

老子说："大成若缺，其用不弊。大盈若冲，其用不穷。大直若屈，大巧若拙，大辩若讷。躁胜寒，静胜热，清静为天下正。"（《老子》第四十五章）道家告诉我们，要放弃机心，保持天真，活得简单一点儿。

孟子讲："尽其心者，知其性也。知其性，则知天矣。存其心，养其性，所以事天也。夭寿不二，修身以俟之，所以立命也。"（《孟子·尽心上》）儒家告诉我们如何做一个仁者，人之为仁，就是要积极活跃地发挥人的主动性，就是在有限基础上去向无限展开的。

我时常勉励自己，吃饭睡觉学孔孟，上课打盹习老庄。无论儒家文化，还是道家文化，皆是我们中华优秀传统文化中的重要组成部分，在感恩传统文化指导我们的人生时，我们还要担起弘扬优秀传统文化的历史责任与使命，增强民族文化自信，为中国传统文化的传承，贡献自己的一份力量。

第六辑

闲看人间月

梦游书

兴 风

此生尽兴，赤诚善良。

愿岁月多些温柔，你我各自安好。

晓风明月，银铃声响，你所期待的事情都将会如你所愿。

终其一生平凡又如何？沧海之一粟又怎样？这历史长河中，需要沉淀泥沙的勇气，洗刷黑暗的责任，做不被定义的风，不妨让生命之流更宽阔一些。

愿少年的你，乘风破浪，勇往直前，只为成为更好的自己。

在古籍中与先贤浮光掠影的碰面，穿越古今，看到众人的一生，诗词歌赋，字里行间，无一不是一个人、一个时代的印记。

每一个人的青春都是短暂的，但这样短暂的青春也可以因家国情怀而变得热血沸腾。

生动感人的故事，深刻精辟的哲理，追求更完美的人生，在这个时代挥洒专属于你的浓墨重彩的一笔。

最后一片树叶的凋零，也酝酿了整个秋天。

人是为活着本身而活着的，而不是为了活着之外的任何事物所活着。活着或许很简单，只不过大多数人都沉浸在自己的思想桎梏中，未能脱身。

俗话说"柴米油盐酱醋茶"，人生七味，茶便独占一味。中国茶道正是通过茶事创造一种宁静的氛围和一个空灵虚静的心境，让人能够明心见性，锻炼人格，超越自我。

就算世界只剩下自己，也别忘了当初的你为何出发，就算全世界都与你为敌，不是还有自己吗？就算一切从头来过，那又如何！

时间对于每个人都是公平的，不论富人或穷人，男士或女士，聪明或愚笨。摆在你面前的时间，每天都是二十四小时，总统和乞丐的时间都是同一单位。所以，在合适的时间做合适的事，讲求效率，把握时间，必不可少。

所谓零碎时间，是指不构成连续的时间或一个事物与另一事物衔接时的空余时间。这样的时间往往会被人们忽略。零碎时间虽短，但是一旦日积月累不断增添，便会形成巨大的力量，其总和将会是相当可观的。

时光无情。消逝的时间里，留下的是无限美好的回忆，还有无尽的悲惨与惆怅。我们能做的，只有直面现实，抓住那些未逝去的时光。

这世间的光会永远陪伴着你，即使这一程颠沛流离，荆棘铺路，任凭风雨兀自横行、年轮覆辙，这宇宙、自然依旧会接纳这一切，它允许一切的发生。而我们有幸成为这浩瀚宇宙中的一个个并不起眼却也蓬勃向上的存在。

自然与人类和谐的美，是世间最纯粹最真挚的美。抒己心意，便已足矣。不同的人，不同的经历与故事，不同的观点和看法，必是不能人人都懂，但也不见得无人领会。

春风徐徐，轻拂脸庞，甚是温和。小路边的树木、青草，嫩芽初探，一片春意盎然的景象，也觉不了寂寞。纵使时光易逝，岁月已蹉跎，但故人依在。那个曾经彼此坐在一起把酒言欢的故地，也依然静静地伫立着。

岁月的痕迹一点点加深，留下了过往，也期盼着未来。当你还有机会时，请紧紧地握住它，珍惜身边陪伴你一生的人。

故人曾语春恁迟，片刻再寻忽已晚。常言百花悦观者，不知花者亦怜人。

当暮色渐浓，钟声渐清，蝉声渐明，我与黄昏的故事便由此开始了。这时的情景好似迟暮的老人，在用力吮吸余晖，享受最后的那份惬意与自由。

生活节奏太快也没关系，只要心中有热爱。关于文学，关于生活，关于自然，宁静、坦然、自在。环境固然重要，而比之更重要的是，即使身居闹市，依然能守持静心，感己所闻，抒己所愿。

曾在不同场景转换下翻开书页，缓缓挪开书签，续着书中未尽的故事。偶尔我们可能也会想如果书中的结局不一样该是如何，如果这一切都有另一种方式来进行又当如何。但，这世间本没有如果，我们需要通过周围的环境以及书籍阅历来修养身心，发现自然真切的美。

我们总在过去的人和事里兜兜转转，却没想过无谓的停留和遗憾也会辜负现在的自己。

世间万物本无情，只因有了人心才有了情。

能撑起你风骨的是知识和敬畏，诋毁从来都不是你击败别人的说辞。

手握来路积攒的光芒，奔赴下一程星月山河。

你身上有光，我抓来看看。可，你就是自己的光呀。

这世间，有人陪你，仗剑天涯；有人陪你，花前月下；也有人陪你，提笔挥墨，吟诗作画。你愿听她拂曲一首，她也愿赠你一纸墨香。如卿所言，心中有火，眼里有光。这一世，愿无畏亦无惧，安好。

百衲衣

觊　月

都只是宇宙中一粒尘埃，既然懂得复杂的情感，也足够伟大。重来一回，便是时光倒流。

文科，
让我们在沧海桑田的岁月长河里探寻思维精华，
让我们在亘古悠久的人类文明中吟唱理想始终。

夏天结束在哪一刻？是拍毕业照着正装时嘴角微扬，是停下墨笔走出考场时吁声释然，是吃着烤串喝着啤酒时倏忽冷战，是买下机票登上飞机时万分愁绪。

文芽儿

伴月笛

透过我的心窗向里看，一勺池塘边依然有垂柳，一粒太阳里依然有光泽。

冬来，风起，叶落，在时光的循环中深情相望每一片落叶飘零，风已渲染了这个季节的浓意，见枯叶微黄，残叶翻飞，叶子在半空中翩跹起舞，如雪花般和大地相拥，也成了令你心动的风景。繁华如烟，才会风轻云淡，云水禅心。在抬眼低眉的瞬间，将尘世喧嚣搁浅于素净的光阴里。心若无尘；安之若命，一人倾心，一叶倾城。心静景长，淡雅凝香。静享冬的厚重与萧瑟之美。

长大后才明白，原来城南不在南，旧事无处说。即使你努力让别人在意，也终究无人问津，还把自己感动得一塌糊涂。

虽说"两情若是久长时，又岂在朝朝暮暮"，然而"相思相见知何日，此时此夜难为情"。

为何"天长路远魂飞苦，梦魂不到关山难"？原来"天涯地角有穷时，只有相思无尽处"。

长安的眸中是故里，故里的梦中是长安。

248

到底要笑得多么虚伪，才能融入这个世界？

在人生的沙滩上，我们都像破壳出生的小海龟，争先恐后，极力冲向名曰"未来"的海洋。在这个海滩的毕业典礼上，今天是时间轴上的零点，昨天在回味，今天在进行，明天在憧憬。

当我们还是树苗时，我们在意的是自己是否会被狂风吹断；当我们长成枝繁叶茂的大树时，我们在意的便是身后的庄稼、身下的人群。

人真的很奇妙，有时候觉得自己像九天洒落在人间的一颗黑曜石，有着自己独特的光芒，自命不凡，不愿随波逐流。有时候又觉得自己一文不值，被狂风卷着四处漂泊，身不由己。

回忆如黄河水底的泥沙，一层层叠加，最感触人的那层沙砾永远在最深处，令人久久不忘。

让生命慢一点吧，再慢一点吧，试着沏一盏香茗，使茶香充满整个书屋，靠在窗前，翻开一本闲书，让阳光透过窗，缓缓地照射在手中的书页上，滑过桌上的宣纸。坐下来，抿一口香茗，闭上双眸，感受心灵的跳动，感受肌肉的松弛。

你知道为什么你越来越优秀，身边的冷言冷语越多吗？因为地理学告诉我们，你的境界每上升 1000 米，周围的气温下降 6 度。

你要学会享受孤独，学会在孤独中成长。

什么是诗人？一群在云端俯瞰，不食人间烟火的人？不，他们是一群吸食人间烟火，仰望天空与远方的人。

如果世界上所有的人都糊涂，只有你清醒，那么你在那群糊涂蛋眼里就是最糊涂的。

世界上有一种人像油，有一种人像墨，前者滴进人群的汪洋里，依然保持自我，后者则会与大海融为一体；前者或许会被世间万物所排斥，与他人格格不入。但只要学会勇敢地做一滴油，不要像墨那样。最终消失了自己。

什么是历史？history， his 他的， Story 故事，他是谁？他是过去。历史，也就是过去的故事。这个句子已经画上了句号，便也成了历史。

喜欢一个人坐在窗前，望着窗外烟雨蒙蒙，听着雨声淅淅，发会儿呆。

下雨了，把手伸出车窗，让雨肆意拍打吧，都说十指连心，或许会拯救一下麻木的心。

书院成员

第一届

何文色、韦亮龙、张欣星、王明霞、李改红、王昊楠、张莹莹、齐凤、马建斌、王金富、蒋小玲，朱焱磊、陈亚璇、夏顺欣、马玉琴

第二届

马进祥、杨顺驰、王宝、何国梁、苟乐乐、赵梓涵、马洁、赵莉、孙喜悦

第三届

敖显之、李而满、马颜、马一丹、岳洋洋、马亥买、韩文杰、杨小兰、赵吉格格